BRUXARIA DE AMOR NO DIA DOS NAMORADOS

MISTÉRIOS DAS BRUXAS DE WESTWICK

BOOK SEIS

COLLEEN CROSS

OUTRAS OBRAS DE COLLEEN CROSS - EBOOKS

Boletim informativo de novos lançamentos
http://eepurl.com/c0jHW1

Série de Aventuras de Suspense e Mistério com a Investigadora Katerina Carter
Saída Estratégica
Teoria dos Jogos
Fórmula Mortal
Greenwashing : A Farsa Verde
A Farsa Vermelha : uma curta história

Série Mistérios das Bruxas de Westwick
Que Bruxaria é Essa?
Bruxas aos Farrapos
Bruxas e Famosas
Bruxarias de Natal
Hora de Bruxaria
Bruxaria de Amor no Dia dos Namorados

BRUXARIA DE AMOR NO DIA DOS NAMORADOS

Até que a morte nos separe...

Cendrine West e as bruxas de Westwick estão ansiosas por um Dia dos Namorados encantador, cheio de romance, admiradores secretos e talvez até mesmo um ou dois pedidos de casamento. O amor está no ar, mas Tia Pearl não se importa.

A empreitada mais recente de Ruby traz hóspedes inesperados e uma proposta de mistério lança Cen em uma missão. Mas a flecha do Cupido acerta uma maldição e, subitamente, o caos começa!

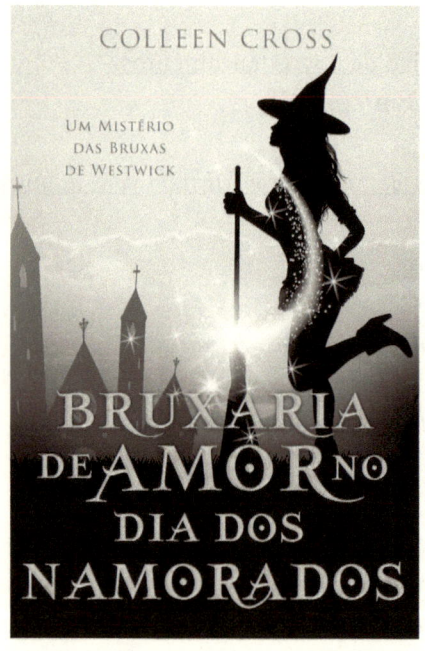

CAPÍTULO 1

*E*u venho de uma longa linhagem de bruxas bem-sucedidas. As pessoas acham que as bruxas têm todos os tipos de métodos à sua disposição para ter uma vida de luxo, mas isso simplesmente não é verdade. Seguimos um conjunto rigoroso de regras que proíbem o uso de feitiçaria para ganho financeiro ou material. Westwick Corners é uma cidade pequena com pouquíssimos empregos, portanto, precisamos de engenhosidade e criatividade para chegar ao fim do mês.

A fonte principal de renda da família West é nosso Westwick Corners Inn, que nos mantém financeiramente para o necessário. Além de várias funções no hotel, também sou editora e a única funcionária do *Westwick Corners Weekly*. Adquiri o jornal da comunidade alguns anos antes do proprietário, que se aposentou, e, com isso, comprei um emprego para mim. Porém, no momento, eu estava totalmente concentrada no meu estômago que roncava e exigia ser alimentado.

O aroma de bolinhos de banana recém-assados chegou até mim quando abri a porta grande que separava a cozinha da sala de jantar dos hóspedes. Entrar na cozinha era algo proibitivo para a minha dieta. Eu estava vigiando as calorias e chegara à minha cota de bolinhos com um bolinho de oxicoco no café da manhã uma hora antes. As atividades diárias de Mamãe na cozinha eram um risco trabalhista constante. Mesmo assim, entrei na cozinha com uma resolução nova, determinada a não deixar nada comestível entrar pelos meus lábios.

Mamãe abriu a porta do forno industrial enorme de aço inoxidável com luvas de cozinha imensas. Ela tirou uma forma de ferro fundido pesada e estendeu-a para mim. — Um bolinho pelos seus pensamentos, Cen.

Minha boca ficou cheia d'água, mas balancei a cabeça negativamente. — Nem consigo fechar o vestido que comprei especialmente para o Dia dos Namorados. Preciso perder mais três quilos até hoje à noite e outros três antes do jantar de amanhã. — Meu estômago roncou em protesto.

Mamãe riu e colocou a forma de bolinhos sobre um tripé no balcão para esfriar, ao lado de um segundo lote de bolinhos de mirtilo. — É possível perder três quilos em uma semana ou duas, não em um dia. Você não pode nem deve se matar de fome. Está lindíssima exatamente do jeito que é.

Era fácil para Mamãe dizer aquilo... ela fora atleta na juventude, umas das melhores corredoras na época da universidade. Hoje em dia, ela queimava calorias cuidando do hotel e da horta enorme que fornecia a maior parte da comida do hotel. Diferentemente de mim, ela era disciplinada e fazia exercícios quase todos os dias. Ela comia o que tinha vontade e não engordava um grama sequer.

Tia Pearl não fazia nada dessas coisas, mas mantinha sem esforço o corpo magro. De alguma forma, os genes dos West tinham me ignorado. Eu engordava só de escrever a lista do mercado. Eu era mais cheia, mais alta e mais branca que os meus parentes. Meus cabelos loiros lisos se destacavam do padrão de cachos morenos da família. Mamãe sempre fora vaga sobre a genealogia da minha família. Se não fosse pelas minhas habilidades de lançar feitiços, eu teria achado que era adotada.

A porta da cozinha abriu com tanta força que bateu contra a parede.

— Nossa, Ruby, o que você está queimando desta vez? — debochou

Tia Pearl ao entrar na cozinha. A diferença de idade entre Mamãe, a mais nova, e Tia Pearl, a mais velha, era de doze anos, mas não dava para notar. Tia Pearl parecia excepcionalmente jovem para a idade devido às fugas ativas do estilo de vida legal.

Quando não estava ocupada violando as leis ou ateando fogo às coisas, assediava o delegado da cidade só para se divertir. Ela era uma onda de crimes de uma pessoa só e a cidadã de terceira idade mais rebelde que se podia imaginar.

Mamãe acenou com a mão em desprezo. — Eu só estava encorajando Cen a experimentar um bolinho. Tenho de oxicoco, banana e gotas de chocolate. Quer um?

Tia Pearl estreitou os olhos, pronta para uma discussão. — Cozinhar é uma perda de tempo. Vá comprar as coisas. Se vocês duas passassem mais tempo lançando feitiços em vez de brincar com panelas de ferro, este mundo, e nossa cidade, seriam lugares melhores.

Mamãe balançou a cabeça negativamente. — Cozinhar é mais barato e mais saudável do que qualquer coisa que possa comprar no mercado. O hotel coloca comida na mesa. Da última vez que verifiquei, a Escola de Encantamento de Pearl estava fechada por falta de alunos. Até mesmo o jornal de Cen gera dinheiro. — Mamãe olhou de relance para mim, com expressão duvidosa.

Cruzei os braços defensivamente. — É claro que meu jornal gera dinheiro. Já vendi anúncios para o mês inteiro na minha edição especial do Dia dos Namorados. — Minha família achava que meu jornal comunitário era um *hobby* e isso me deixava muito frustrada.

— Não precisa ficar brava, Cen. Eu só estava argumentando — disse Mamãe.

— Eu não estava ficando...

Tia Pearl emitiu um som de desprezo. — Cen só está brava porque ninguém lê as reportagens dela, Ruby. Você sabe tão bem quanto eu que as pessoas só compram o jornal por causa dos folhetos e dos cupons.

O trabalho diário de Tia Pearl era de governanta do hotel, mas ela também operava a Escola de Encantamento de Pearl, uma escola para bruxas. Os alunos nunca duravam mais do que um semestre, espantados pelo temperamento difícil dela. Mas a mais leve crítica à escola de Tia Pearl a deixava tão furiosa que Mamãe e eu geralmente ficávamos de boca fechada. Quem era ela para duvidar da sagacidade do meu negócio?

O hotel e nossa cidade prosperavam sempre que turistas visitavam. O truque era atraí-los para nosso recanto escondido que ficava fora das estradas conhecidas. Tivéramos alguns anos difíceis no começo, mas a ideia de Mamãe de transformar nossa mansão em um hotel vários anos antes fora um grande sucesso. Recentemente, tínhamos adicionado um bar e o vinhedo em nossa propriedade, divulgando nosso hotel como um refúgio aconchegante do burburinho da vida da cidade.

Apesar de nosso sucesso modesto, era uma batalha constante fazer com que Tia Pearl realizasse a parte dela do trabalho. Tia Pearl odiava a ideia de ter visitantes. Ela dedicava tanta energia para espantar os visitantes quanto nós para atraí-los. Nossa existência dependia do turismo, mas Tia Pearl não conseguia aceitar isso.

Tia Pearl andou até o balcão e arrancou um pedaço de um bolinho de banana recém-assado. Ela o colocou na boca e fez uma careta. — Isto está horrível, Ruby! Não pode servir esta porcaria aos nossos hóspedes.

— Você nem gosta de bolinhos de banana. Por que comeu um? — Mamãe limpou a testa com a parte de trás da mão e suspirou.

— Não importa. Ninguém vai comer este lixo. — Tia Pearl ergueu a mão até a boca e cuspiu o pedaço do bolinho. Ela andou até a lata de lixo e jogou os restos do bolinho dentro dela.

Fiz um gesto de desprezo. — Você desperdiçou aquele bolinho de propósito.

Tia Pearl farejou. — Doce demais para o meu gosto.

— Nossos hóspedes adoram minha comida, mesmo que você não goste — disse Mamãe. — Não que você se importe. Mal limpa os quartos e aquele novo *barman* que contratou é horrível. Ele enche demais os copos e demora a atender.

Tia Pearl revirou os olhos. — Os clientes adoram Lucky. Eu já

4

disse, Ruby, não posso passar mais tempo nesta armadilha para turistas. Tenho que cuidar da Escola de Encantamento de Pearl.

Mamãe suspirou. — O hotel também é seu, Pearl. Você tem que fazer alguma coisa em relação a Lucky. Ele está nos custando todo o nosso lucro.

— Você poderia cuidar do bar novamente, Tia Pearl. Isso economizaria um pouco de dinheiro. — As pessoas aceitavam mais uma *barwoman* rabugenta do que uma governanta rabugenta. O álcool parecia aliviar a tensão.

— Não. Ocupada demais. — Tia Pearl balançou a cabeça negativamente. — Por que você não faz isso?

Balancei a cabeça negativamente. — Eu já faço o *check-in* dos hóspedes, cuido dos livros e lavo toda a roupa suja. Não consigo fazer mais. Além do mais, você nem tem alunos no momento.

— É só temporário enquanto eu atualizo o currículo. — Tia Pearl estreitou os olhos ao me estudar. — Sabe de uma coisa, Cen? Seria bom ter alguns testadores beta de feitiços. Você me ajuda, eu a ajudo. Você está precisando relembrar alguns feitiços.

— Pare de mudar de assunto, Tia Pearl. Minha feitiçaria vai muito bem. — Na verdade, minha feitiçaria precisava de um pouco de cuidado, mas eu praticava regularmente com o pouco tempo livre que tinha. Porém, Mamãe tinha razão. O hotel era nossa prioridade. Ele nos alimentava, vestia e mantinha um teto sobre nossa cabeça. A feitiçaria era um extra bacana, mas não pagava as contas.

Mamãe estava em frente à pia, lavando as louças. — Pearl, se o negócio não melhorar logo, você terá que se livrar de Lucky. Não podemos pagar o salário dele.

— Você não pode fazer isso — protestou Tia Pearl. — Prometi à mãe dele que daria um emprego a ele.

— Você não deveria assumir compromissos sem me perguntar antes — disse Mamãe. — Lucky nem mesmo aparece na metade do tempo. Quando aparece, está atrasado. Se dependesse de mim, eu o teria demitido depois do primeiro dia de trabalho. É quase como se você quisesse que nosso negócio falisse.

Tia Pearl fez uma careta. — Lucky é um *barman* fantástico. Ele faz drinques incríveis. É perfeito para o trabalho.

— Só se não tiver dinheiro envolvido — retruquei. — Cada drinque que ele faz é duplo. Duvido até mesmo que Lucky seja o nome verdadeiro dele. — Tia Pearl contratara Lucky três semanas antes sem currículo nem referências quando ele se mudara para a cidade. Ele era um homem sem passado que parecia ter chegado do nada. Não sabíamos nada sobre ele, que não sabia praticamente nada sobre cuidar de um bar. Ele nos levaria à falência se não tivéssemos cuidado.

Mamãe suspirou. — Ele se veste como um gângster. Sei que não se pode julgar as pessoas pela aparência, mas por que ele precisa daqueles ternos brilhantes? Por que precisa trocar de roupa duas ou três vezes em um único turno? Ele está sempre chegando tarde e saindo cedo. Aceite, Pearl, ele não é um bom funcionário. Tem outras coisas em mente além de cuidar do bar.

— Ok, ok, vou falar com ele. Enquanto isso, dê um tempo a ele. Todos merecem uma segunda chance. — Tia Pearl pegou outro bolinho, desta vez de oxicoco. Ela arrancou um pedaço do bolinho e segurou-o entre os dedos. Em seguida, ergueu-o até o nariz e cheirou-o. Ela o largou sobre o balcão com uma careta. — Bem, talvez nem todos.

Franzi a testa. — Mamãe passa muito tempo cozinhando tudo fresco para os nossos hóspedes. Agora, por sua causa, vai ter que assar mais um lote.

Tia Pearl cruzou os braços em desafio. Um sorriso malicioso surgiu em seu rosto quando ela olhou para o bolinho sobre o balcão e depois para mim. — Se os bolinhos são tão maravilhosos, Cen, por que você não comeu nenhum?

— Estou de dieta. — Olhei com desejo para o que sobrara do bolinho. Oxicoco era o meu segundo favorito, depois do de banana. Tia Pearl estava provocando-me de propósito e senti minha determinação balançar.

— Vai deixar que ele seja desperdiçado? — Tia Pearl sorriu de forma maliciosa.

Desisti e estendi a mão para pegar o bolinho. Tirei um pedaço e provei-o. — Hmm... está delicioso, Mamãe.

Mamãe sorriu e virou-se novamente para o forno. Ela tirou outra forma de bolinhos do forno e colocou-a sobre o fogão para esfriar.

Mamãe supervisionava as operações diárias do hotel. Ela também preparava o café da manhã, o almoço e o jantar, além de assar coisas deliciosas todos os dias. Tia Pearl só tinha que limpar oito quartos, a maioria dos quais só era ocupada nos fins de semana. Ainda assim, ela fazia o possível para piorar a estadia dos hóspedes com seu jeito dissimulado. Mesmo com os quartos tendo sempre toalhas e roupas de cama limpas, os hóspedes frequentemente acordavam à noite com barulhos estranhos, janelas que fechavam ou abriam subitamente e outras coisas misteriosas. Ela literalmente assombrava nossos hóspedes. Algumas vezes, eles ficavam assustados o suficiente para irem embora antes da hora.

Tia Pearl sempre botava a culpa na Vovó Vi. Minha avó fantasmagórica falecera vários anos antes, mas nunca deixara seu amado lar. Nosso fantasma residente era um espírito benigno que, na maior parte do tempo, não incomodava ninguém. Ela simplesmente gostava da nossa companhia e do ambiente aconchegante do hotel. Ela nunca espantaria nossos hóspedes pagantes.

Os feitiços e os truques de Tia Pearl prejudicavam o negócio, o que era exatamente a intenção dela.

O que me levava a mais um dos meus deveres no hotel: limpar as bagunças da minha tia com os meus contrafeitiços secretos. Eu não me importava muito com esse trabalho, pois tinha o benefício secundário de melhorar minha feitiçaria. Eu agora era uma bruxa melhor que Tia Pearl, apesar de ela nunca admitir isso.

Eu acompanhava de perto a localização de Tia Pearl e moderava quaisquer encontros com a polícia da cidade. Eles aconteciam com frequência e nossos delegados mudavam com frequência inacreditável. Até o último delegado. A única coisa positiva que resultara da violação da lei de Tia Pearl era que isso me apresentara ao meu namorado delegado maravilhoso, Tyler Gates.

Lembrar-me dos olhos castanhos acolhedores e do sorriso contagiante de Tyler fez meu coração derreter. Talvez ele fosse mais do que apenas um namorado em breve, talvez até mesmo na noite do dia seguinte. Tínhamos reservas para o jantar do Dia dos Namorados no restaurante mais sofisticado da cidade próxima de Shady Creek. Tínhamos conversado casualmente sobre casamento antes, mas, ultimamente, Tyler tinha dado algumas dicas.

Quando essa coisa inominável que estava prestes a acontecer realmente acontecesse, eu queria estar vestida para a ocasião, com meu vestido vermelho novo especial para o Dia dos Namorados. Eu pareceria espetacular quando aceitasse o pedido dele, mesmo que tivesse que espremer meu corpo rechonchudo no vestido um pouco pequeno demais. Eu basicamente teria que passar fome até lá, mas estava disposta a isso. Tudo isso não seria arruinado por um bolinho cheio de calorias.

Olhei para baixo e soltei uma exclamação. A única coisa que sobrara na minha mão eram farelos. Eu comera o bolinho inteiro sem nem perceber!

Tia Pearl encarou Mamãe com desconfiança. — Exatamente para quem está cozinhando, Ruby? Nossos últimos hóspedes foram embora ontem de manhã.

Eu me perguntara a mesma coisa, pois não estava ciente de nenhuma reserva no hotel. Isso também era estranho. Normalmente, o hotel ficava totalmente cheio de reservas no fim de semana do Dia dos Namorados.

O rosto de Mamãe ficou vermelho quando ela colocou um cesto grande com um guardanapo de linho sobre o balcão. Ela levantou uma das formas de bolinhos e cuidadosamente virou-a. Os bolinhos caíram dentro do cesto e o aroma de banana assada encheu o ar. — Eu, ahm... não posso conversar agora. Tenho mais coisas para cozinhar e assar.

Minha boca salivou com o aroma enquanto meu estômago roncava, pedindo mais. — Quem você disse...?

Mamãe não respondeu.

A forma transparente de Vovó Vi subitamente se materializou. Ela flutuou através da parede que separava a cozinha da sala de jantar.

Minha avó fantasmagórica ainda era parte de nossa vida diária. Por sorte, ela só podia ser vista pelos membros da família.

Ela flutuou à minha volta e cantarolou: — Mmmm... bolinhos! Seus favoritos, Cen!

Balancei a cabeça negativamente. — Estou de dieta, lembra?

Vovó Vi emitiu um som de desprezo. — Você acabou com a dieta, Cen. Na verdade, está um pouco rechonchuda.

— Acha que estou gorda? — Meus ombros caíram em derrota. No que eu estivera pensando quando comprara um vestido dois números menor? Idiota, idiota, idiota. Perder alguns quilos em um mês parecera fácil o suficiente no outono anterior, quando eu ainda teria meses para chegar ao meu objetivo. Mas o Dia dos Namorados era no dia seguinte. Em vez de perder peso, eu ganhara alguns quilos na época do Natal. Comera um pouco demais das comidas da Mamãe e consumira um pouco demais da linha recém-lançada de vinhos da propriedade. Enquanto isso, o Dia dos Namorados se aproximara cada vez mais e, agora, estávamos na véspera dele.

Vovó Vi flutuou à minha frente, com o corpo transparente fazendo uma espécie de barreira entre eu e o balcão. — Só estou dizendo a verdade mais sincera, Cen. Mesmo que passe fome, não há como entrar naquele vestido amanhã.

Tia Pearl emitiu um som de desprezo. — Lance um feitiço, Cen. Aumente aquele vestido idiota.

Cruzei os braços. — Você sabe que não posso fazer isso. É abuso de poder e contra as regras da WICCA. — O uso frívolo de magia era condenado pela Associação Internacional de Bruxas. Entrar no vestido era importante, mas não importante a ponto de ser banida da WICCA.

Tia Pearl revirou os olhos. — Você é tão ridícula. É só interpretar as regras de uma forma um pouco diferente. Ninguém saberá.

Aquilo era mentira. Se eu violasse qualquer regra, não importava se fosse só um pouquinho, Tia Pearl contaria a Tia Amber, que era uma das principais executivas da WICCA. Tia Amber insistiria em usar a sobrinha contraventora como exemplo para todos os membros da WICCA. Eu seria publicamente humilhada diante de toda a comunidade de bruxas. Não era um risco que eu estava disposta a correr.

Mais do que qualquer outra coisa, eu estava furiosa comigo mesma. Tivera tempo suficiente para perder peso e não conseguira. Meu tempo terminara.

A não ser que eu perdesse pelo menos meio quilo por hora, simplesmente não daria certo.

Lembrei-me do vestido vermelho maravilhoso pendurado no meu armário. Era um vestido de seda vermelho sem mangas que ia até o meio do tornozelo e abraçava todas as minhas curvas nos lugares certos. Pelo menos, abraçara quando eu o experimentara antes do Natal com o zíper das costas aberto. Eu não conseguira fechar o zíper na época e, agora, ele estava ainda mais apertado. Na verdade, eu mal conseguia passá-lo pelos quadris. O vestido era uma daquelas peças que pareceria na moda em qualquer década. O decote redondo era adornado com pedrinhas de cristal minúsculas, bordadas à mão, que refletiam a luz e complementavam minha compleição clara.

Minha compra impulsiva na única loja de roupas femininas de Westwick Corners, a Key to Fashion de Bunny, fora um erro. Eu agora percebia que os elogios de Bunny tinham sido simplesmente para conseguir a venda. Eu não podia parecer incrivelmente deslumbrante em um vestido que nem conseguia fechar. Bunny mentira. Mas, gostando ou não, agora o vestido era meu. Também era o único vestido digno de um pedido de casamento que eu tinha e estava determinada a vesti-lo. Para que isso acontecesse, porém, eu precisava de alterações mágicas ou um plano B não mágico.

Vovó Vi invadiu meus pensamentos. — Cen! Alguma notícia especial para nos contar?

— Não. — Olhei para o chão, torcendo para que Mamãe e Tia Pearl não tivessem notado a dica de Vovó Vi. As capacidades dela de leitura de mente eram irritantes nos melhores momentos e eu me ressentia de ela invadir meus pensamentos secretos. Eu revelaria minha notícia importante depois da noite seguinte, quando Tyler me pedisse em casamento.

Eu não conseguia me imaginar passando a vida com outra pessoa.

Tyler e eu éramos feitos um para o outro. E, pelo menos para mim, fora amor à primeira vista. Um bônus adicional era que Tyler aceitara completamente minha família maluca, mesmo com Tia Pearl considerando-o seu inimigo número um.

Mamãe cobriu o cesto de bolinhos com uma toalha e carregou-o até a porta de trás. Ela calçou os tamancos e estendeu a mão para a maçaneta.

Vovó Vi flutuou em frente a Mamãe, bloqueando o caminho. Ela apontou no sentido oposto. — A sala de jantar é para lá, Ruby. Para onde vai com esses bolinhos?

Mamãe pigarreou e olhou em volta nervosamente. — Eu, ahm... vou levá-los à Mansão Rocklin.

Vovó Vi soltou uma exclamação. — Por quê? Aquele lugar está abandonado. Ninguém mora lá há décadas.

Mamãe respirou fundo. — Bem, isso está prestes a mudar.

— Alguém comprou o lugar? — A Mansão Rocklin estava vazia desde que eu conseguia me lembrar, muito antes de nosso mercado imobiliário ter entrado em colapso total. Durante anos, houvera rumores de que ela era assombrada e a maioria das pessoas da cidade fazia o possível para evitar o lugar. Fosse ou não assombrada, pessoas novas na cidade eram sempre uma novidade importante. Portanto, por que Mamãe estava guardando tanto segredo?

Mamãe apertou a mão em volta da maçaneta, mas não disse uma palavra. Ela não precisava. Seus olhos estavam baixos, como se tivesse sido pega em uma mentira.

A aura de Vovó Vi ficou vermelho-escura, um sinal claro de que estava furiosa. — Por que alguém desejaria ficar lá?

Mamãe olhou para o relógio que tinha no pulso. — Venha comigo, Cen. Explicarei tudo quando chegarmos lá.

Tia Pearl estreitou os olhos. — Explicar o quê, Ruby? Você sabe que aquele lugar é amaldiçoado.

Mamãe abriu um pouco a porta. — Estou atrasada. Cen, você vem comigo?

— Não posso, Mamãe. Tenho que lançar a edição do Dia dos Namorados do jornal. — Eu tinha algumas tarefas de última hora antes de publicar a edição especial. Ela estava cheia de romance, receitas e recados secretos.

Naquele ano, havia o dobro de mensagens do Dia dos Namorados do ano anterior, tornando-a uma das minhas edições mais rentáveis. Havia mensagens de admiradores secretos, namorados e namoradas atuais e aspirantes, e, o mais fofo de tudo, uma página inteira de cartões desenhados pelas crianças da escola fundamental local. Mas um recado muito especial se destacava dos outros. Uma pessoa anônima, que eu suspeitava ser um homem, comprara um anúncio de página inteira para seu amor secreto ainda sem nome.

O dele não era o único desejo anônimo do Dia dos Namorados. Havia muitos outros e as pessoas gostavam de tentar adivinhar quem eram os remetentes e os destinatários. Mas eu sempre sabia quem pagava os anúncios. Exceto pelo comprador do anúncio de página inteira daquele ano, que permanecia um mistério para mim. As únicas dicas eram um envelope colocado sob a porta do meu escritório com o recado do Dia dos Namorados e um pagamento em dinheiro muito generoso dentro dele.

Generoso demais, na verdade. O dinheiro era suficiente para cobrir todas as minhas despesas do mês inteiro e parte do mês seguinte. Apesar de estar grata por não ficar no vermelho por mais alguns meses, fiquei preocupada com o fato de meu cliente anônimo ter pagado em excesso por engano e eu queria corrigir isso. Mais do que tudo, porém, eu realmente queria saber quem era essa pessoa doce e romântica.

O recado era sentimental, mas geral demais para supor quem era o remetente. E minha curiosidade estava no máximo.

Tia Pearl fez uma careta. — Ninguém lê o seu jornal, Cen. Pare de perder seu tempo.

— Você está errada. Ficaria surpresa se soubesse como meu jornal é popular. — Eu estava cansada de ouvir Tia Pearl me menosprezar constantemente. Uma das mensagens do Dia dos Namorados era do namorado de Tia Pearl, Earl. Eu mal podia esperar para ver a expressão no rosto dela quando provasse que ela estava errada.

— A única surpresa é por quanto tempo você manteve aquele

buraco sem fundo. Perda de tempo e de dinheiro, se quer a minha opinião.

— Bom, ninguém pediu a sua opinião e é melhor não perder a edição do Dia dos Namorados. — Por mais que eu amasse minha tia, não conseguia entender o que aquele homem tão doce vira nela. Ele era educado, tranquilo e gentil com todo mundo. Em outras palavras, Earl era o total oposto de Tia Pearl.

— Não vai rolar, Cen. — Tia Pearl me dispensou com um acenar da mão. — Não tenho tempo para essa bobagem sentimental.

Eu passara horas extras naquela semana relendo todas as mensagens do Dia dos Namorados. Não porque tivesse que fazer isso, mas simplesmente porque elas me faziam sorrir. Havia realmente uma abundância de amor no mundo. Ele girava em volta de todos nós, invisível, a não ser que ouvíssemos e procurássemos. Azar, mau humor e desentendimentos eram apenas bloqueios temporários. Mas, com frequência demais, não derrubávamos as barreiras e o amor era perdido. Eu realmente acreditava que bondade e gentileza venciam, desde que permitíssemos. As mensagens do Dia dos Namorados só reafirmaram minha crença.

A maioria das pessoas tinha bom coração, mas algumas precisavam de um empurrãozinho para expressar seu amor. Não havia nada como uma mensagem do Dia dos Namorados para colocar o coração de volta no caminho certo. Imaginei muitos rostos sorridentes no dia seguinte, enquanto as pessoas tomavam o café da manhã e descobriam uma mensagem especialmente dedicada a elas. Algumas vezes, a vida era uma droga, mas o amor sempre ajudava a superar. Desde que o deixasse entrar no coração.

— Ok, Mamãe, vamos. — Discutir com Tia Pearl era inútil e eu não tinha tempo a perder. Isso convenientemente atrasava um pouco mais a prova do vestido e meu horror com o que eu sabia que era verdade. Meu vestido não caberia, não importava o que eu fizesse.

— Ótimo, pois já estamos atrasadas. — Mamãe me apressou pela porta de trás.

Andamos até a frente da propriedade bem a tempo de ver Lucky sair do banco do passageiro da caminhonete Ford verde enferrujada.

Ele cambaleou alguns passos antes de parar e encarar nós duas. Os cabelos dele estavam desgrenhados, como se tivesse acabado de acordar. Ele estava vestido formalmente com um terno que estava amarrotado. O casaco estava desabotoado e a camisa estava para fora da calça.

— Olá, moças. — Ele nos cumprimentou e cambaleou em direção ao Ponto do Feitiço na extremidade oposta do estacionamento.

— Aquele homem tem que ir embora — murmurou Mamãe ao acenar sem muita vontade.

— Ele já está bêbado — sussurrei. — Não deveria estar dirigindo.

Mamãe suspirou. — Não podemos continuar assim. Um dia desses...

— *Happy hour* ao meio-dia, não se esqueçam! — Lucky cambaleou novamente ao apontar para nós. — Você disse alguma coisa?

— Não — respondi.

Ele assentiu e continuou o caminho pelo estacionamento até chegar à entrada do bar. Ele girou a maçaneta sem usar a chave primeiro. Em seguida, virou-se e acenou antes de entrar.

Um bar destrancado com bebidas de graça era o caminho certo para a falência. Lucky era um problema e Mamãe estava certa ao dizer que algo precisava ser feito. Precisávamos de novas formas de ganhar dinheiro, mesmo que Tia Pearl e Vovó Vi discordassem. Como a Mansão Rocklin se encaixava nos planos de Mamãe era um mistério. Eu não tinha ideia do motivo pelo qual Vovó Vi e Tia Pearl eram tão contra nossa visita, mas estava prestes a descobrir.

CAPÍTULO 2

*E*ra uma manhã fria de fevereiro e as nuvens baixas ameaçavam nevar. Inclinei-me para trás no banco do passageiro do Subaru, grata por Mamãe ter ligado o aquecimento no máximo. O ar quente abriu um arco largo no para-brisa que descongelava lentamente.

Dentro do carro, o clima estava longe de ser acolhedor e aconchegante.

— Como assim, você alugou a Mansão Rocklin? — perguntei. — Sei que precisamos do dinheiro, mas você não pode simplesmente alugar uma casa que não é sua. Isso é invasão de propriedade. E é ilegal.

Mamãe balançou a cabeça negativamente. — Está tudo perfeitamente bem. Ninguém mora lá há anos. Eu a deixarei melhor do que a encontrei e ninguém reclamará.

— Basicamente, você está roubando, Mamãe. Se não tem permissão dos proprietários...

Mamãe me interrompeu. — A posse é 9/10 avos da lei, Cen.

— Não, não é. Como podemos gerenciar outra propriedade, Mamãe? Tia Pearl não faz mais a parte dela no hotel e Lucky nos custa mais dinheiro do que ele consegue ganhar.

— Vai dar tudo certo, não se preocupe — disse Mamãe em tom animado. Era uma manhã de sábado tranquila enquanto andávamos pelo centro de Westwick Corners. As lojas ainda estavam fechadas. As ruas estavam em sua maioria desertas, com poucos sinais de carros ou pessoas. Vi o jipe de Tyler estacionado do lado de fora da prefeitura. Ele era uma pessoa madrugadora e gostava de começar a trabalhar cedo. Nossa cidade não tinha muitos crimes, mas Tyler, como o único policial do lugar, sempre tinha alguma coisa para fazer.

Eu não queria aumentar ainda mais a lista já longa de deveres policiais dele, tudo por causa do esquema ilegal de Mamãe.

Minha mente vagueou para o Dia dos Namorados no dia seguinte. Eu estaria no meu vestido de seda vermelho e Tyler de terno, com a mão na minha enquanto nos encarávamos sobre uma mesa iluminada com velas em nosso restaurante favorito. A promessa dele de algo especial me deixava esperançosa. Tínhamos falado sobre casamento. Poderia mesmo ser um anel de noivado? Eu estava empolgada e nervosa. Nossas vidas estavam prestes a mudar e eu mal podia esperar.

Passamos pela Cafeteria e Bistrô da Molly à direita, na frente do qual alguns veículos, na maioria caminhonetes, estavam estacionados. A luz dourada do interior aconchegante do restaurante se derramava sobre a paisagem coberta de gelo do lado de fora. Virei de lado no assento para ver se conhecia alguém no interior, mas foi impossível dizer.

Mamãe tirou o olhar da rua à frente e virou-se para mim. — Nossos novos hóspedes ligaram do nada. Eu não podia recusá-los e o hotel não era grande o suficiente. Sem outras acomodações por quilômetros, eu tive que pensar em um plano alternativo. Foi assim que pensei na Mansão Rocklin.

Franzi a testa. — Você conseguiu falar com os Rocklins depois de todos esses anos? — Os Rocklins eram a "outra" família de bruxas da cidade. Pelo menos, tinham sido, até que saíram da cidade sob circunstâncias misteriosas e não explicadas. Isso acontecera anos antes do meu nascimento e a mansão permanecera vazia e abandonada desde então, sem moradores nem amor.

Silêncio.

— Por que aquele lugar, Mamãe? Há um bom motivo para aquele lugar estar abandonado. É um lixo.

— Eu precisava de um lugar espaçoso. Aquele lugar é grande e estava lá parado, vazio. Como está abandonado há anos, ninguém se importará se eu cuidar dele por uma semana. Já foi lindo um dia e eu o restaurei para sua antiga glória. Na verdade, está melhor do que nunca. Todos ganham. — Mamãe virou os olhos novamente para a rua à frente.

Era tão incomum que Mamãe violasse a lei ou os direitos de propriedade de alguém. Ainda assim, ali estava ela, basicamente assumindo o controle da propriedade de outra pessoa para alugá-la a estranhos. Tudo em nome do lucro. As ações dela não eram nada características. Parte de mim não queria dizer nada e ficar longe de problemas. Porém, como uma West, eu já era culpada por associação.

— Você não pode tomar a propriedade particular de outra pessoa, Mamãe. Eu também não consigo assumir mais responsabilidades. — Entre o jornal e as várias tarefas no hotel, eu estava no limite.

Essa atitude assustadora de Mamãe de tomar o controle começaria pequena. Uma semana se transformaria em duas, e duas semanas em um mês, ocupando ilegalmente uma propriedade que não pertencia a ela. Tia Pearl não era a única criminosa na família. Quando Tyler descobrisse, ele poderia reconsiderar se, como delegado, queria se casar com alguém de uma família de criminosas.

Enquanto eu me remexia no assento, vi um movimento leve no espelho retrovisor.

Mamãe também devia ter percebido, pois olhou para o espelho. — Não consegui encontrar o proprietário, mas minhas renovações são pagamento suficiente.

Uma voz sibilou do assento traseiro. — Desfaça, Ruby!

Eu estava assustada demais para me virar e confrontar o sequestrador. Em vez disso, gritei: — Não nos machuque!

Mamãe virou o volante subitamente em direção ao acostamento. O carro se inclinou e saiu do asfalto, quase capotando. Mamãe recuperou o controle bem a tempo e voltou para o asfalto. A suspensão do carro fez um ruído alto quando recuperou a tração no asfalto.

— Você é exageradamente dramática, Cen. Relaxe. — Vovó Vi flutuava entre nós acima do console central. — É melhor não continuar com isso, Ruby.

— Você quase nos matou de susto, Vovó. Mamãe poderia ter batido em alguém.

Mamãe me encarou friamente. — Não seja ridícula! Sou uma excelente motorista.

Vovó Vi balançou a cabeça. — Você quase nos matou! Ainda bem que não há mais ninguém na rua tão cedo.

Não destaquei o fato de que Vovó Vi era um fantasma e, portanto, já estava morta.

— Pare de dar palpite ou vou parar o carro e... e...

— E o quê, Ruby? Vai me expulsar do carro e fazer com que eu caminhe? — Vovó Vi riu. — Fantasmas não caminham. Você não pode me obrigar a nada. A maldição dos Rocklins é uma coisa séria. Se quebrarmos essa promessa, pagaremos com o inferno.

— Que maldição? — Invadir e entrar já era ruim o suficiente, mas uma maldição? Eu não aguentaria mais notícias ruins.

Vovó Vi ficou de boca aberta. — Você nunca contou a Cen?

— Contou o quê? — Meu olhar foi de Vovó Vi no assento traseiro para Mamãe.

Mamãe continuou olhando para a frente, em vez de encontrar o meu olhar. — Você não acredita em maldições bobas, não é, Cen?

— É claro que acredito em maldições, Mamãe! Um outro nome para maldição é um feitiço maligno de longa duração, certo? Basicamente, é feitiçaria maligna.

— Bem, tecnicamente sim, mas toda essa coisa de maldição é bobagem. Por que é que, sempre que acho um jeito de ganhar dinheiro para a família, todos me criticam?

Minha intenção não fora de ferir os sentimentos dela. — Não estou criticando, Mamãe. É só que...

— É só que o quê? Está preocupada? Você se preocupa constantemente com coisas que nunca acontecem, Cen. — Mamãe olhou fixamente para a rua à frente e pestanejou para limpar as lágrimas. Ela pisou no acelerador.

— Mais devagar, Mamãe. E que maldição é essa? — Invadir uma propriedade era uma coisa. Uma maldição genuína era outra bem diferente.

— Não é nada demais — respondeu Mamãe.

— Diga a verdade a Cen, Ruby — gritou Vovó Vi. — Suas ações gananciosas dispararam uma maldição que prejudica a todos nós.

Mamãe olhou friamente para Vovó Vi pelo espelho retrovisor. — Colocar um teto sobre a nossa cabeça é ser gananciosa? Ter dinheiro para comer é ser gananciosa? Não vejo ninguém mais contribuindo para pagar as despesas.

— Olhos na estrada, Ruby — disse Vovó Vi em tom ríspido.

Mamãe fez uma careta e pisou no acelerador.

Minha cabeça bateu no encosto do assento por causa da força.

— O que acontece conosco se a maldição é ativada? — Imaginei o pior. Seríamos feridas ou até mesmo mortas? Os Rocklins voltariam para se vingar de nós? A cidade queimaria até virar cinzas?

Mamãe suspirou. — Conversaremos sobre isso mais tarde.

Vovó Vi rosnou do assento traseiro. Não ficou claro se ela discordava do comentário de Mamãe, do jeito como ela dirigia ou ambos.

Olhei para fora pela janela do passageiro, silenciosamente passando mal de medo. Eu não gostava de discutir com Mamãe, mas ela não estava fazendo o menor sentido.

Mamãe olhou para mim de relance e disse em tom reconfortante: — Já se passaram décadas, Cen. Se a maldição realmente existisse, algo já teria acontecido.

Vovó Vi suspirou. — A maldição foi reativada, graças a você. Só não sabemos disso ainda.

Virei-me no assento. — Você me deve uma explicação. Como posso me proteger se não sei do que se trata essa maldição?

— Não se preocupe com isso. Já cuidei de tudo. — A voz de Mamãe foi ríspida. As juntas dos dedos ficaram brancas quando ela apertou ainda mais o volante.

Vovó Vi soltou um suspiro pesado. — Cen merece saber sobre a maldição, Ruby. Afinal de contas, ela é um alvo.

CAPÍTULO 3

— or que a maldição me afeta? Não fiz nada para merecer isso. — Se eu era o alvo de um golpe sobrenatural, precisava de proteção. Como poderia me proteger de algo sobre o qual não sabia nada?

Vovó Vi disse: — Não é justo, Cen, mas todos os membros da família West são alvos. Os Wests e os Rocklins têm uma longa história. Éramos aliados antes, mas isso mudou para sempre.

— Mudou como?

Mamãe rosnou. — Ignore-a, Cen. Ela não sabe do que está falando.

Chegamos aos arredores da cidade e o cenário ficou rural. As fazendas prósperas mudaram para vinhedos áridos e finalmente para uma floresta à medida que o veículo percorria o vale e as colinas ao redor.

Antigamente, as colinas tinham sido uma área afluente de propriedades imensas, antes que a queda na economia tivesse acabado com a fortuna de muitos. Os negócios nunca se recuperaram e muitas das propriedades grandes tinham sido simplesmente abandonadas, caras demais para manter. As fortunas tinham encolhido e a maioria das pessoas tinha saído da cidade para nunca mais voltar.

Vovó Vi, que estivera encolhida no banco traseiro durante todo aquele tempo, finalmente quebrou o silêncio. — Você deveria ter contado a Cen, Ruby. Você a colocou, e a todas nós, em perigo.

— Perigo? Mamãe, isso é verdade?

Mamãe me ignorou e ligou o rádio tão alto que o carro inteiro vibrou com o barulho do baixo. Era um rock pesado, com baixo intenso e um cantor que gritava. Cobri as orelhas, mas a voz do homem reverberava por todos os ossos do meu corpo. Desde quando Mamãe ouvia metal pesado?

Subitamente, o rádio ficou em silêncio.

Abaixei as mãos das orelhas, grata porque a música tinha parado. Meu alívio durou apenas uma fração de segundo. Fagulhas voaram do painel quando começou a sair fumaça do rádio, que logo em seguida pegou fogo.

E se ele se espalhasse? O tanque de combustível explodiria?

— A maldição! — exclamei. — Ai, meu Deus, já está acontecendo.

— Ora, não seja ridícula, Cen. — Mamãe tirou uma das mãos do volante e bateu nas chamas com a palma. — Agora, ajude-me a apagar o fogo.

Afastei a mão dela quando o carro passou por cima da linha central da estrada. — Fique de olho na estrada.

Olhei em volta à procura de algo para apagar as chamas, mas a única coisa à mão era minha bolsa. Eu a bati contra o painel em uma tentativa inútil de extinguir o fogo, mas as chamas ficaram maiores e a bolsa, que começou a derreter, grudou nos meus dedos.

Afastei a mão depressa, mas foi tarde demais. Meus dedos ardiam por causa das chamas e a bolsa tinha virado um amontoado derretido e grudento. O fogo era real, mas minha bolsa de couro supostamente genuíno não era.

Enquanto as chamas crepitavam, Vovó Vi murmurou baixinho um feitiço e apagou o fogo com um acenar do braço fantasmagórico. — Nossa, isso foi difícil! Chega de besteira, Ruby. Chega de distrações e de drama.

— Olhe só quem fala. Um fantasma que não consegue cuidar do próprio nariz. — Mamãe mordeu o lábio inferior e lutou contra as lágrimas.

— Parem de brigar. — Olhei para o meu colo, onde uma marca grande na bolsa ainda soltava fumaça. Ela estava literalmente torrada. Eu deveria ter lançado um feitiço em vez de usar a bolsa, mas o comportamento nada característico de Mamãe me assustou. E Vovó Vi também, ao atear o fogo.

— Você ateou fogo no carro! Olhe só quem fala de drama. — Mamãe tossiu enquanto acenava com a mão para afastar a fumaça.

Vovó Vi pigarreou. — Lançar feitiços era tão fácil. Nossa, estou fora de forma.

— Você me disse antes que fantasmas não conseguiam fazer magia... — Vovó Vi sempre culpava Tia Pearl pelos assombramentos periódicos no hotel, alegando que perdera seus poderes de bruxa. A verdade parecia um artigo de luxo na minha família.

— Guardo meus feitiços para emergências de verdade, como a situação em que estamos agora. Era a única forma de chamar sua atenção. — Vovó Vi flutuou em direção ao encosto do meu assento, ficando parada entre Mamãe e eu. — Se Ruby não quer lhe contar sobre a maldição, eu contarei. Escute com atenção, pois sua vida depende disso.

— Ok. — Mamãe e Vovó Vi nunca brigavam. De alguma forma, Mamãe ativara uma maldição antiga sobre a qual eu não sabia nada e Vovó Vi ateara fogo no carro. Eu estava confusa porque tudo era o oposto do normal e Tia Pearl nem estava envolvida.

— Era uma vez, havia duas famí...

— Isto não é um conto de fadas — interrompeu Mamãe.

— Está bem, Ruby! Que seja do seu jeito! — disse Vovó Vi. — Há muito tempo, quando eu era apenas uma criança, os Rocklins e os Wests receberam poderes sobrenaturais. Poderes iguais. Juntas, as duas famílias protegiam o vórtice contra pessoas ignorantes e escondiam-no dos não iniciados.

— O vórtice é o motivo de sermos bruxas? — Eu sempre me perguntara por que tínhamos poderes sobrenaturais quando outros não tinham. Enquanto eu crescia, minhas perguntas sempre ficaram sem respostas. Em algum momento, simplesmente parei de perguntar.

Vovó Vi assentiu. — Concordamos em sermos guardiãs do vórtice. Em retorno, ganhamos poderes de lançamento de feitiços.

Apesar de eu saber muito pouco sobre a origem de nossos talentos de bruxaria, sabia muito mais sobre o vórtice. Eu até mesmo estivera dentro dele uma vez. O vórtice de Westwick Corners era uma versão menor de outros da Terra, como Sedona, Arizona, e o mais famoso de todos, Stonehenge. Nosso vórtice era menos conhecido, mas, como cada vórtice de energia, que eram sete, era uma fonte de poder sobrenatural para qualquer pessoa próxima dele. Ele concedia poderes especiais, até mesmo viagem por portais para outros tempos e locais.

Cada bruxa com autorrespeito sabia sobre o vórtice de Westwick Corners. Ele reenergizava os poderes fracos de uma bruxa, como se fosse uma fonte sobrenatural da juventude. Era feitiçaria potencializada. Mas eles também tinham desvantagens se a pessoa não tomasse cuidado. Os poderes poderiam ser usados para o bem ou para o mal, e um vórtice nas mãos erradas podia causar danos incalculáveis. Como guardiãs, nosso trabalho era proteger o vórtice. Em contrapartida, tínhamos poderes sobrenaturais.

As pessoas geralmente os consideravam como locais históricos de rituais pagãos ou alguma bobagem metafísica da nova era. Nosso vórtice era relativamente desconhecido e recebia poucos visitantes, portanto, tínhamos ficado complacentes com o decorrer do tempo. Vários anos antes, desesperados por turistas, tínhamos atraído a atenção de uma bruxa malévola. Tonya Plante quase assumira o controle do vórtice. Por sorte, acabamos com os planos dela de transformá-lo em um *resort* de luxo. Nossa negligência e nosso desespero não tinham ativado uma maldição na época. Por que agora era tão diferente?

— Desde que nasci, eu estava comprometida a proteger o vórtice. Não tive escolha. Agora, sou afligida por uma maldição sobre a qual não sei nada? — Recostei-me no assento e cruzei os braços. Meu futuro fora decidido sem a minha opinião, o que era totalmente inaceitável. Havia alguma parte do meu destino que não estava predeterminada?

— Não é nada demais, Cen — disse Mamãe em tom animado. —

Juntas, protegemos esse pequeno vórtice que nunca recebe visitas. Em troca, recebemos poderes sobrenaturais com os quais podemos fazer o que quisermos. É um acordo muito bom.

— Bom, estou fora — disse eu. — Ser bruxa é mais um fardo do que um benefício.

— Você não pode sair. É hereditário — disse Mamãe, fingindo alegria na voz. — Ninguém em sã consciência deixa de ser bruxa. Muitas mulheres trocariam de lugar com você em um instante.

— Uma delas pode ficar com o trabalho. Ninguém pode me obrigar a fazer um trabalho que nunca pedi para ter.

— Sim, pode, Cen. Fizemos um voto coletivo da família West, para sempre. — Mamãe pisou no acelerador novamente.

— Onde estão essas pessoas da família Rocklin? Como elas podem parar e nós não?

Mamãe disse: — Os Rocklins foram, ahm... reduzidos.

— Eu também quero ser reduzida.

Mamãe soltou uma exclamação. — Acredite, Cen, você não quer ser reduzida. Apagar os poderes sobrenaturais é algo muito desagradável e não pode ser desfeito. O vórtice é o seu chamado, um compromisso para toda a vida. Aceite.

O único compromisso para toda a vida que eu queria era com Tyler, longe da minha família maluca.

Vovó Vi flutuou sobre o ombro direito de Mamãe. — Conte a verdade a ela, Ruby. Conte a ela sobre a guerra e por que assumimos o controle.

— Espere... o quê? Os Wests entraram em guerra contra os Rocklins? — O tempo todo, eu acreditara que éramos as únicas bruxas a proteger o vórtice. — Você ainda não me disse para onde os Rocklins foram. O que está escondendo?

— Eles foram banidos para um local supersecreto. Não faço ideia onde — comentou Vovó Vi. — O que sei é que agora estão vindo atrás de nós. As ações de sua mãe nos colocaram em perigo.

— Todos nós precisamos viver — retrucou Mamãe. — Não vejo você ganhando dinheiro.

A voz de Vovó Vi ficou fraca. — Dê um tempo, estou morta!

Trabalhei a vida inteira para alimentar e vestir você e só recebo ingratidão...

Eu interrompi. — Parem de brigar. Mamãe, por que você escondeu de mim um fato tão básico e relevante durante toda a minha vida? — Mamãe, Tia Pearl e até mesmo Vovó Vi... eu estava furiosa com todas elas. Elas tinham me enganado durante todos aqueles anos.

Mamãe olhou de relance para mim, parecendo envergonhada. — Eu só estava tentando proteger você, Cen. Desculpe. Nunca contei nada porque essa maldição é coisa do passado. Eu era apenas uma criança quando a batalha dos Rocklins aconteceu. Sua avó estava diretamente envolvida, portanto, é ela que...

— Pare de me culpar por tudo, Ruby.

Mamãe suspirou. — Vovó pode lhe contar a história. Mas lembre-se, ela exagera.

Vovó Vi suspirou. — Se Ruby não tivesse quebrado todas as regras, não haveria nada a contar. Mas é seu direito saber sobre a maldição, pois ela afeta muito a sua vida.

— Ela me afeta como? Estamos em perigo por causa dos Rocklins? — Engoli em seco quando percebi que Mamãe nem sempre me mantivera fora de perigo.

— Só dizer o nome Rocklin poderia chamá-los de volta, o que nos colocaria em perigo, Cen. Só chame-os de bruxas sombrias daqui em diante, ok?

— Ok. Isso nos torna as bruxas brancas? — perguntei.

Vovó Vi assentiu. — Mais ou menos, apesar de Pearl estar um pouco na zona cinzenta. As bruxas são gananciosas, igual às pessoas normais. Quando as bruxas sombrias tentaram assumir o controle do vórtice com magia sombria, tivemos que agir. É por isso que duas famílias de bruxas foram designadas para proteger o vórtice em conjunto: os Wests e aquelas bruxas sombrias. Deveríamos manter umas às outras honestas. Funcionou por algum tempo, mas a trégua acabou e as coisas ficaram bem ruins.

Mamãe olhava para a estrada à frente, em silêncio e com expressão impassível.

Vovó Vi assentiu. — Nós, as bruxas brancas, triunfamos no fim.

Mal conseguimos vencer com a ajuda de muitas bruxas brancas. Todo o mundo das bruxas ficou desestabilizado até que finalmente fizemos um pacto. Os Rock... quero dizer, as bruxas sombrias mantiveram os poderes sobrenaturais, mas a condição era que saíssem de Westwick Corners e do vórtice imediatamente. Elas mantiveram a promessa e partiram na mesma noite. Isso foi há mais de cinquenta anos.

— As bruxas sombrias partiram e mantiveram os poderes, mas nós não podemos? Isso não parece justo... — Fiquei imaginando qual seria nossa promessa.

Silêncio.

— Foi há tanto tempo — disse Mamãe com um tom fingido de alegria. — Até hoje, eles nunca voltaram.

— É porque não os antagonizamos alugando a casa deles, Ruby.

Mamãe deu de ombros. — Eles foram banidos. De que adianta a casa para eles? Deveriam ter vendido o lugar.

Vovó Vi brilhou com uma aura vermelha transparente de raiva. — Aquela casa pertence a eles para sempre, não a você. Parte do pacto permitiu que eles lançassem uma maldição em nossa família caso colocássemos os pés na propriedade deles ou se tentássemos conquistar o poder absoluto. É por isso que a casa deles ainda está abandonada, mas disponível caso retornem. Se quebrarmos o pacto, eles voltarão. Aí, nós seremos as banidas.

O amor da minha vida, meu negócio e minha alma estavam firme-mente assentados em Westwick Corners. A ideia de deixar Tyler, o jornal e o único lar que eu jamais conhecera me deixava aterrorizada. Afastei aquele pensamento da mente. Mamãe nos colocara em alguma coisa que eu tinha que impedir.

Mamãe moveu o olhar da estrada para mim. — A mansão Rocklin tem muito potencial. Está um pouco suja, mas nada que um pouco de...

— Ruby! Fique de olho na estrada! — gritou Vovó Vi quando o carro passou pela linha central e entrou no caminho de um caminhão no sentido oposto.

O caminhão buzinou e desviou-se para nos evitar.

Agarrei a maçaneta da porta e preparei-me para o impacto.

Mamãe xingou baixinho ao voltar para a pista certa e tirou o pé do acelerador.

Com a colisão evitada, virei-me para verificar Vovó Vi no banco traseiro.

A aura de Vovó Vi tinha escurecido e estava roxa. Ela falou em frases curtas e rápidas, claramente chateada. — Nossa família está a caminho do desastre. E, a não ser que e até que tenha filhos, bem... a família West depende de você, Cen. Não podemos deixar que a linhagem da família West acabe.

Por que meu irmão, Alan, nunca era sujeito a essas obrigações? Ele sempre parecia escapar delas. Ele tinha uma vida descuidada em Londres, Inglaterra. Era verdade que ele não estava em um relacionamento e não tinha interesse em ter filhos. Como era homem, não tinha os poderes de bruxaria que as mulheres da família West tinham. Ainda assim, ele sempre se livrava de tudo.

Eu tinha que parar de sentir pena de mim mesma.

Algumas vezes, ser uma bruxa era uma maldição. Os benefícios da bruxaria eram bem conhecidos, mas nada frequentes. Ninguém falava sobre as restrições cotidianas que tínhamos que seguir. — Há outras formas de nós... ahm... desaparecermos? Eles poderiam nos matar?

— Não diretamente — respondeu Vovó Vi. — Mas reativar a maldição tem o mesmo resultado de azar mortal para cada uma de nós. Pela última vez, Ruby, dê meia volta. Um passo para dentro daquele lugar dos Rocklins e estaremos assinando nossa sentença de morte.

— Não vou fazer isso — disse Mamãe. — Muita coisa boa resultou da luta. É o motivo pelo qual a WICCA foi formada. Antes disso, era como o velho oeste, sem um órgão regente das bruxas nem uma constituição e leis para nos governar.

— Quebrar sua promessa libera a maldição, Ruby. As bruxas sombrias podem e voltarão para se vingar. Elas destruirão todas nós, incluindo você, Cen.

— Mas eu nem era nascida quando isso aconteceu.

Vovó Vi dispensou meu comentário com um aceno da mão. — Todas nós somos afetadas por escolhas feitas pelas gerações anteriores, Cen. É injusto, mas elas nos colocarão umas contra as outras, uma por uma. Acontecerá de forma tão gradual que nem saberemos o que está acontecendo. Até que seja tarde demais.

Uma sensação de medo me envolveu. — Como agora, com você e Mamãe brigando? Talvez já esteja acontecendo. — Tudo o que Mamãe estava fazendo era totalmente incomum.

— Sim, Cen. Tente botar um pouco de juízo na sua mãe. Não é tarde demais para fazermos um feitiço de reversão, mas precisaremos de todas nós para fazer isso. Até mesmo sua Tia Pearl. — Vovó Vi flutuou para o banco de trás, claramente em desespero.

— Mamãe, talvez Vovó esteja certa. Vamos fazer esse feitiço de reversão. — Virei-me para olhar para Vovó Vi no banco de trás, mas a aura dela já tinha desaparecido. Todo aquele conflito era demais.

Silêncio.

Não havia chance alguma de isso acontecer. Estávamos indo para a Mansão Rocklin e não havia como voltar atrás.

* * *

Mamãe parou o carro na frente de um par de portões grandes de ferro preto que bloqueavam a entrada para a Mansão Rocklin. No meio de cada portão, havia uma letra R. Da família com o nome que não se podia mencionar, supus.

Ela se virou para mim. — Bem, o que acha?

Com ou sem maldição, o lugar me deu arrepios. Eu não queria discutir, portanto, disse: — Parece muito elegante.

Apesar de ter passado pela mansão muitas vezes, eu nunca olhara além da cerca de ferro de três metros de altura, mal visível sob os galhos das árvores e das ervas daninhas que a agarravam firmemente. Agora, as ervas daninhas tinham desaparecido e a cerca tinha uma camada de tinta preta fresca. Duas câmeras de segurança estavam instaladas sobre a cerca, gravando qualquer um que passasse pelos portões ou perto deles.

Nos dois lados dos portões, havia um par de cedros altos e um grupo de plantas de inverno em potes, totalmente floridas. Era obviamente o trabalho da bruxaria de Mamãe, apesar de parecer que ela não tivera nem o tempo nem a inclinação para derreter o gelo do asfalto de aparência nova. Porém, era fevereiro e o caminho gelado pelo menos dava ao lugar um ar de autenticidade.

Os segredos escondidos atrás dos portões trancados teriam que esperar um pouco mais, pois parecia que Mamãe tinha esquecido a chave. Ela xingou baixinho enquanto abaixava o vidro e sussurrou um feitiço.

Enquanto passávamos pelos portões e subíamos o caminho, senti o peito apertado. Parte de mim queria pular do carro e recuar. Mas eu também queria ver de perto a misteriosa Mansão Rocklin. Se a maldição da nossa família era real, supostamente ela já teria sido ativada durante a primeira visita de Mamãe à mansão. Era tarde demais para recuar. Eu ainda tinha uma esperança leve de que Vovó Vi inventara a história para impedir a última aventura comercial de Mamãe. Porém, por que ela faria isso? A maldição não afetaria Vovó Vi diretamente porque ela já era um fantasma.

Ou afetaria?

Para começo de conversa, era estranho que Vovó Vi tivesse andado de carro conosco. Eu sabia de apenas uma outra ocasião em que ela deixara a casa desde que virara fantasma e fora porque nossas vidas estavam em perigo. E, se a alegação dela era verdadeira, estávamos em perigo de novo. Estremeci ao pensar nisso. Eu tinha tantas perguntas, mas dizê-las em voz alta só provocaria uma discussão. Portanto, fiquei em silêncio enquanto percorríamos o longo caminho.

Fizemos uma curva e vi o topo de um telhado inclinado. A julgar pela altura, a mansão tinha pelo menos três andares.

Imaginei aposento após aposento subitamente abandonados pelos ocupantes anteriores, que nunca mais voltaram. Anos de negligência adicionaram teias de aranha e poeira, desbotando a mobília. Obviamente, os feitiços de Mamãe transformariam o lugar em algo rentável. Se a maldição não era nada demais, por que Mamãe guardara tanto segredo? Tia Pearl e Vovó Vi estavam com medo. Isso me deixou preocupada, pois elas raramente concordavam sobre alguma coisa.

O caminho fez outra curva e, subitamente, a mansão ficou totalmente à vista. A casa grande de três andares era imponente, de arquitetura clássica. A fachada de tijolos com jateamento de areia era acentuada por colunas brancas grandes ao longo de uma varanda que percorria toda a largura da casa. Havia janelas grandes nos dois lados de um par de portas de entrada largas. A entrada era flanqueada por um par de potes de plantas perenes em espiral que combinavam com a simetria formal.

Até mesmo os jardins pareciam espetaculares, apesar do clima de inverno. Os arbustos que ladeavam o caminho circular tinham sido podados no formato de ursos, águias e outras criaturas. A paisagem adicionava um toque caprichoso à arquitetura formal e estava totalmente coberta por uma camada fina e neve. O lugar tinha o ar de uma propriedade glamorosa, mas na moda, com um toque místico. A velha mansão tinha sido restaurada à condição de nova e não estaria deslocada nas páginas da revista *Homes & Gardens*.

Sem dúvida, as renovações eram provenientes da magia de Mamãe, e não de empreiteiros. Diferentemente do uso frívolo e algumas vezes vingativo da bruxaria de Tia Pearl, os feitiços de Mamãe sempre tinham um resultado prático e frequentemente lindo. Eu me lembrei de alguns anos muito difíceis na minha adolescência em que nossa sobrevivência sempre dependia da magia prática de Mamãe.

— Não é linda, Cen? É nossa. — Mamãe soltou um suspirou contente ao estacionar no caminho circular atrás de um SUV Mercedes branco.

— Como assim, nossa? Você me disse que a alugou por uma semana.

— Não, você entendeu errado. Eu disse que tínhamos hóspedes por uma semana. Comprei o lugar por uma música. Só prometa que não vai contar a Pearl, pois ela já está furiosa o suficiente comigo.

— Você a comprou dos Rocklins? — Um comprador e um vendedor dispostos claramente significava que não havia mais maldição.

— Ahm... é completamente legal. Eu tenho o título da propriedade.

— Mas Mamãe... e a maldição dos Rocklins? Você a comprou sem perguntar a nenhuma de nós.

— Cem por cento dinheiro é meu, Cen. Não vejo por que preciso pedir a permissão de alguém.

— O motivo é a maldição, Mamãe. Ela afeta todas nós.

Mamãe riu nervosamente. — Você não acredita nessa bobagem toda, acredita?

— Com ou sem maldição, como vamos cuidar de tudo? A mansão é ainda maior do que o hotel e fica a quilômetros de distância no outro lado da cidade. — Não havia a possibilidade de eu assumir mais tarefas. Meus dias já estavam cheios.

Mamãe se virou para mim. — Falaremos sobre isso mais tarde. No momento, você vai conhecer nossos hóspedes muito especiais, que chegaram ontem à noite. Você ficará muito feliz! Eles são pessoas famosas com uma grande necessidade de privacidade, portanto, prometa que manterá a estadia deles em segredo.

— Quem são eles? — Por que alguém, ainda mais celebridades ricas, escolheriam Westwick Corners para as férias no meio do inverno? Talvez pelo menos eu conseguisse uma reportagem.

— Você verá em breve. Siga-me. — Ela abriu a porta e saiu do carro.

Carreguei o cesto de bolinhos e segui Mamãe pelo caminho até a porta da frente. Ao chegarmos aos degraus, a porta abriu.

Eu não consegui acreditar em quem vi.

CAPÍTULO 4

amãe agarrou meu braço e sussurrou empolgada: — Nossos convidados são Steve e Serena McCoy, o casal mais famoso de Hollywood!

Congelei onde estava e soltei uma exclamação. O programa de televisão *The Real McCoys* era número um na classificação. Apesar de eu não assistir, reconheci o casal instantaneamente. O rosto deles estava por toda parte: em comerciais, tabloides e em todas as mídias sociais. Era praticamente impossível *não* vê-los.

Quando recuperei a compostura, perguntei: — Por que eles escolheram Westwick Corners no meio do inverno? Não somos exatamente a Riviera e a Mansão Rocklin não é o Waldorf Astoria.

— Eles queriam algo diferente, Cen. Solidão e privacidade.

Aquilo fazia certo sentido. Steve McCoy ganhara milhões como advogado que vencera processos de prática médica indevida multimilionários. Serena ganhara ainda mais com suas marcas de cosméticos, perfumes e moda. Aquele sucesso aumentara exponencialmente com o *reality show*.

Eles tinham embates frequentes enquanto viviam a vida ao máximo. Os McCoys eram personagens da vida real que as pessoas adoravam ver. O relacionamento deles era mais guerra do que paz e todos os aspectos de sua vida fora monetizado. Suspeitei que a verdadeira finalidade era filmar um programa com tema do Dia dos Namorados.

Alguns dias por ano causavam uma montanha-russa romântica como o Dia dos Namorados. Um casal de *reality show* com um relacionamento tempestuoso era a prescrição perfeita para pessoas que queriam escapar dos próprios problemas. Imaginei como isso se daria. Serena esperaria um presente elaborado e Steve não o entregaria.

Mamãe puxou meu braço com força. — Cen! Acorde!

— Ai! — Quando me contorci para me soltar do aperto dela, meu ombro estalou. A dor me levou de volta à realidade.

— Tudo bem? — Recostada na porta de carvalho trabalhada estava uma mulher linda de tirar o fôlego com cabelos loiros puxados em um rabo de cavalo. Serena McCoy vestia um suéter angorá que descia até os quadris, com calça *jeans* desbotada e chinelos brancos felpudos. Apesar da roupa casual, ela tinha uma aura, uma presença poderosa de algo que não consegui quantificar. Pela primeira vez, experimentei em primeira mão o "poder de uma estrela". Era tão mágico quanto bruxaria.

Recuperei a compostura e assenti, ainda sem palavras.

— Ruby, estou tão feliz por termos encontrado você. Adoramos o lugar! — Serena McCoy bateu as mãos e sorriu. Ela deu um passo atrás e colocou uma das mãos na porta entalhada, passando os dedos sobre o padrão complexo de rosas e folhas. — Este é um lugar muito especial.

Mamãe sorriu. — Vocês são nossos primeiros hóspedes. Ah, esta é minha filha, Cendrine. Espero que não se importe por eu tê-la trazido comigo. Ela trabalha nos negócios da família.

Abri a boca, mas ainda estava atordoada demais para falar. Hollywood era famosa pelas pessoas lindas, mas aquela beleza era proveniente de um exército de estilistas, artistas de maquiagem e consultores de figurino, fazendo sua magia por trás das cenas. Fotografias retocadas, iluminação ideal e cinematografia criativa disfarçavam o fato de que, na vida real, as estrelas eram frequentemente mais simples, mais baixas e mais pesadas.

Serena era uma exceção notável. Ela era ainda mais linda e deslumbrante na vida real, apesar dos traços óbvios de maquiagem. Os olhos verdes intensos, cor de esmeralda, contrastavam com a pele bronzeada.

— Não há nada melhor do que trabalhar com a família. Nem nada pior. — Serena riu, expondo um sorriso branco brilhante. Ela deu um passo para o lado e acenou para que entrássemos. — Moças, por favor, saiam do frio.

Entramos em um saguão espaçoso com piso de mármore. Uma escada de carvalho larga ficava à esquerda, entalhada com o mesmo padrão de rosas e folhas da porta da frente. Eu não sabia se era *art deco* ou *art nouveau*, mas reconheci imediatamente o estilo de Mamãe. A escada levava a um longo corredor aberto com vista para a entrada.

O lado oposto do saguão se abria para uma sala de estar grande com uma lareira de pedras enorme. O parapeito da lareira também era esculpido com o mesmo motivo de rosas e folhas. Fagulhas liberais de bruxaria tinham restaurado a mansão abandonada, deixando-a melhor que nova, dos pisos de mármore brilhantes aos candelabros de cristal. Não havia uma teia de aranha nem um grão de poeira à vista. Era estranho para uma casa que ficara vazia por décadas.

— É bom finalmente relaxar depois de oito longos meses de filmagem. — Serena sorriu ao fechar a porta atrás de nós. — Não que eu esteja reclamando. Há sete anos, eu era garçonete na Casa de Panquecas do Nate. — A ascensão de Serena à fama era uma autêntica história de trapos para a riqueza. A recusa dela de uma gorjeta de dez mil dólares de um cliente viralizara e o restante era história. A vida de garçonete em um restaurante à beira da estrada terminara naquele dia, sendo substituída por contratos de modelo, ofertas de cosméticos e papéis em comédias. Logo depois, ela conheceu Steve e o restante era o material de uma lenda de *reality show*.

— Você é uma grande inspiração — comentou Mamãe. — Eu adoro o seu programa.

Serena acenou com o braço para os arredores. — E adorei todos os seus toques especiais, Ruby. Quem é seu decorador de interiores?

Mamãe sorriu. — Eu fiz tudo sozinha. Você verá que esta é a casa perfeita. É quieta e escondida, portanto, você terá toda a privacidade de que precisa. Ela tem tudo o que você pediu, até mesmo a piscina externa.

Serena percebeu que eu franzira a testa e disse: — Você deve achar que somos loucos de querer uma piscina externa em fevereiro, mas Steve insistiu. Ele tem que nadar para se exercitar e diz que fazer isso no inverno do lado de fora é revigorante.

Não era disso que eu chamaria. Por outro lado, eu achava piscinas cobertas aquecidas muito frias. Uma piscina externa em fevereiro me faria ter um ataque do coração.

Mamãe me empurrou para a frente. — Já falei que Cen é nossa jornalista local? Ela está escrevendo um artigo sobre o seu programa e achei que...

Serena se virou para mim e abriu um sorriso com os dentes perfeitos. — Na verdade, talvez eu tenha uma história a contar. Talvez você seja a primeira a saber.

Abri a boca para responder, mas fechei-a novamente. Em vez disso, entreguei o cesto a Serena. Mamãe e eu precisávamos conversar, mas não na frente dos hóspedes.

Serena pegou o cesto e farejou-o. — Sinto cheiro de bolinhos de banana?

Mamãe sorriu e assentiu. — Recém-saídos do forno!

Serena ergueu o pano que cobria o cesto e escolheu um bolinho, dando uma mordida nele. — Mmmm... delicioso!

— Trarei mais amanhã — disse Mamãe. — Quer dizer, se não for muita intrusão.

— Eu adoraria — respondeu Serena. — O *showbiz* é empolgante e tudo o mais, mas realmente precisamos de uma folga. Foi por isso que reservamos uma estadia de uma semana. Acho que posso contar meu segredo agora. — Serena olhou de relance para trás para ter certeza de que ninguém poderia ouvir. Ela se inclinou para a frente e sussurrou em tom conspiratório. — Steve e eu queremos que este Dia dos Namorados seja realmente especial. Decidimos renovar nossos votos aqui.

Mamãe colocou a mão no peito. — Ohhh... isso é tão romântico!

36

Você precisará de flores, champanhe e um bolo. Cuidarei de tudo. Precisa de um bufê?

Serena balançou a cabeça negativamente. — Não será necessário. É apenas uma cerimônia pequena e casual. Mas seria bom ter flores.

— Pode deixar — disse Mamãe.

A Mansão Rocklin parecia mais adequada para um casamento de gala do que para uma cerimônia particular de renovação de votos. Nem mesmo os toques mágicos de Mamãe conseguiam deixar aconchegante a mansão cavernosa, muito menos íntima. Por outro lado, a casa era muito menor que a casa do programa de TV de Serena, portanto, provavelmente parecia aconchegante em comparação a ela. Eu tinha que admitir que era bonita.

A cerimônia de renovação de votos quase certamente seria um episódio do *reality show*. Como não seria? Aquele casal vivia o relacionamento inteiramente na tela, com brigas frequentes e conflitos constantes. Só esperei que Mamãe tivesse recebido um depósito contra danos, pois nada era proibido no *The Real McCoys*. Fosse apenas um episódio ou vida real, era um furo digno de uma reportagem.

— Ah... tem mais uma coisa. — Serena se virou para mim. — Preciso de um fotógrafo. Tenho uma proposta. Concederei ao seu jornal os direitos exclusivos à história em troca de algumas fotografias. Seu fotógrafo pode fazer as duas coisas.

— Não tenho um fot...

Mamãe me interrompeu. — O fotógrafo de Cen é muito talentoso. Ganhou vários prêmios regionais pelo seu trabalho.

— Fantástico. — Serena acenou com a mão. — Quanto às flores, seria bom ter alguns vasos na sala de estar, além de um buquê para mim.

Mamãe fez uma marca de verificação imaginária com o dedo. — Voltarei em breve com algumas ideias de flores para você escolher.

Serena arregalou os olhos. — Você é tão eficiente! Estou tão feliz por ter encontrado você e este lugar adorável.

Passos ecoaram no corredor, aumentando minha sensação de pânico já crescente.

— Querida, você viu meus óculos de leitura? — Steve McCoy surgiu do corredor.

Apesar do clima frio de fevereiro, ele vestia uma camiseta de mangas curtas, uma bermuda larga e chinelos. Ele era perceptivelmente mais velho que Serena. Era um homem grande, mas em boa forma, com cabelos curtos grisalhos. Ele parou subitamente ao nos notar. — Desculpe, não sabia que tínhamos convidados.

— Essas são as donas do lugar, Steve. Ruby West e a filha dela, Cendrine. Acho que seus óculos estão no balcão da cozinha.

Depois de apertarmos as mãos, Steve colocou o braço em volta da cintura de Serena e puxou-a mais perto. A afeição um pelo outro parecia genuína, um contraste nítido com a hostilidade na tela. Mas felicidade não fazia sucesso e programas de TV viviam de conflitos e exageros.

Serena estendeu o bolinho. — Experimente este bolinho de Ruby, Steve.

Steve tirou um pedaço do bolinho e virou-se para Mamãe. — O cheiro é maravilhoso. Serena contou a vocês sobre nossos planos de renovar os votos?

Mamãe sorriu. — Faremos com que seja um dia para se lembrar para sempre. Ah... Serena, se precisar de um vestido, há uma lojinha bacana na cidade, a Moda Certa de Bunny.

Onde comprei meu vestido do Dia dos Namorados. O vestido que não consegui fechar.

O último episódio na temporada do programa terminara em um suspense, com Steve e Serena indo para o tribunal de divórcio, o exato oposto do casal apaixonado parado à nossa frente. Os votos certamente eram outra mudança na trama. Fingir um rompimento era tão bom para a sucesso quanto uma reconciliação. E tornava a história mais picante.

Serena se encostou em Steve. — Estou adorando este lugar. Talvez possamos estender nossa estadia.

Steve terminou de mastigar o pedaço do bolinho e escolheu outro bolinho do cesto. Ele deu uma mordida pequena e saboreou-o. — Delicioso. Pode me dar a receita ou é um segredo de família?

— Você cozinha? — Finalmente, eu reencontrara a minha voz.

— De vez em quando, sempre que acho tempo. Não temos muito tempo de folga quando estamos filmando. O que provavelmente é bom, caso contrário, estaria com uns trinta quilos a mais, como estava antes do programa. Não é, querida?

Serena riu. — Além da dieta rigorosa de Steve, ele tem esse regime de exercícios rigoroso. Cinquenta voltas todos os dias em uma piscina externa gelada.

Steve corou. — Estou 2 horas atrasado hoje. Normalmente estou na piscina às 8 horas da manhã. Este lugar é tão relaxante que estou com dificuldades em me motivar.

Mamãe sorriu. — Não vamos impedi-lo. Voltarei daqui a pouco com algumas opções de flores. Enquanto isso, se precisarem de alguma outra coisa, é só chamar.

Tínhamos acabado de nos virar para sair quando uma voz masculina alta soou no topo da escada. — Fechem a droga da porta. Está muito frio aqui dentro.

Jason, o filho do primeiro casamento de Steve, olhou friamente para nós do segundo andar. O corte recente de Jason do programa fora explicado como tráfico de drogas e vício em um episódio de intervenção especial. Se o papel de traficante viciado de Jason em *The Real McCoys* era real ou inventado, eu não sabia. No entanto, na vida real, ele era igualmente arrogante e rude.

O rosto de Steve ficou sombrio quando ele falou baixinho: — Ignorem a falta de educação de Jason. Ele foi expulso da clínica de reabilitação... de novo. Não tem para onde ir e está sofrendo.

— Os votos são uma surpresa — sussurrou Serena. — Não vamos contar antes para Jason. Temos receio de que ele sabote as coisas.

— Não diremos uma palavra. — Senti-me constrangida de ser incluída no drama familiar.

Jason desceu a escada batendo os pés no chão e parando a poucos degraus do chão. — Quem são essas pessoas? Você disse que não podíamos receber visitantes.

Mamãe e eu trocamos olhares inquietos. Era estranho ouvi-lo falando de nós como se não estivéssemos ali.

Serena respondeu por nós. — São nossas anfitriãs, Ruby West e a filha dela, Cendrine. Elas são donas deste lugar.

Jason lançou um olhar rápido a Mamãe e virou a atenção para mim. Os olhos dele percorreram meu corpo lentamente, fazendo uma pausa longa demais logo abaixo do meu pescoço. — Um jeitinho melhor cairia bem.

Ele estava falando de mim ou da Mansão Rocklin? De qualquer forma, era algo incrivelmente insultante. Lutei contra a vontade de responder com um comentário do qual me arrependeria mais tarde.

— Há algum bar nesta cidade? — Os olhos de Jason permaneceram em mim quando ele pegou um bolinho do cesto que estava na mão de Serena. Ele engoliu o bolinho em duas mordidas e largou o papel no cesto antes de limpar as mãos na calça *jeans*.

— O único lugar aberto é o Ponto do Feitiço, do outro lado da cidade. — Eu não queria mais comentários condescendentes, portanto, omiti o fato de sermos proprietárias do bar. O bar rústico certamente decepcionaria os altos padrões de Jason, mas talvez isso fosse uma coisa boa. Uma visita e ele não retornaria.

— Ponto do Feitiço? Esse é o nome mais idiota que já ouvi. — Jason passou entre Mamãe e eu, colidindo com meu ombro e deixando-me desequilibrada.

— Ai! — Cambaleei alguns passos antes que meu ombro batesse na parede. Rapidamente recuperei o equilíbrio, mas meu ombro ficou dolorido com o impacto.

Jason não percebeu ou não se importou. Ele abriu a porta da frente com tanta força que ela bateu com um barulho surdo na parede.

Ele não se deu ao trabalho de fechar a porta atrás de si.

Ficamos todos em silêncio, observando Jason descer os degraus correndo e atravessar o caminho até um Porsche vermelho com aparência de novo e um para-lama dianteiro amassado. Ele parou brevemente ao lado da porta do motorista e encarou-nos desafiadoramente.

Foi como se ele desafiasse alguém a detê-lo.

— Lá vamos nós de novo. — Steve suspirou.

Jason abriu a porta do motorista, entrou no carro e ligou a ignição.

Uma música alta saiu do sistema estéreo do carro pela porta aberta do lado do motorista.

Steve andou até a porta da frente e gritou acima da música pesada.

— Aonde você vai, Jason?

— Vou cuidar de algumas coisas. — Jason engatou a marcha à ré.

Steve gritou para Jason: — Você chegou até aqui, Jason. Não estrague tudo.

Jason acelerou o motor do Porsche e recuou. Ele conduziu o carro em volta do caminho circular e parou na frente da porta. Ele abriu a janela e gritou sobre o barulho do motor. — É a minha vida e vou fazer o que me der vontade. — Ele aumentou ainda mais o volume do rádio. Um metal pesado saiu pelos alto-falantes.

Os pneus do Porsche gritaram quando ele pisou no acelerador e desceu o caminho rapidamente.

Ficou claro, pela declaração de Jason, que o drama do programa dos McCoys não era inteiramente falso. Eles não tinham como escapar do drama familiar da vida real, nem mesmo estando de férias. Provavelmente tinham escolhido nossa cidade escondida para que ninguém visse a família disfuncional tão de perto.

Mamãe quebrou o silêncio constrangedor. — Não se preocupe, não diremos uma palavra. Nunca comprometeríamos a privacidade de vocês.

Steve soltou uma risada nervosa. — Desistimos de nossa privacidade quando começamos o programa. Nossa família é um livro aberto. Ainda assim... esse tipo de coisa, às vezes, é um pouco constrangedor.

Serena assentiu. — Algumas vezes, eu me pergunto se o programa é a causa dos problemas de Jason. Essa foi a quinta vez dele na reabilitação. Crescer sendo famoso é difícil. As drogas eram um mecanismo para aguentar essa vida. Fazemos todo o possível para ajudar, mas ele precisa primeiro ajudar a si mesmo.

— Jason teve tudo de mão beijada — comentou Steve. — Ainda assim, é muito autodestrutivo.

Senti um toque de culpa. — Desculpem-me por ter falado do bar. Pelo menos, não há drogas na cidade.

Serena suspirou. — As drogas estão por toda parte, até mesmo nesta cidadezinha. Jason as encontrará, isso é certo. Isso foi algo que aprendi nos últimos sete anos. Pelo menos, não compramos o Porsche mais caro que ele queria. Ele bateu esse em uma semana e espera que paguemos o conserto. Ele tem um problema com drogas fora do controle e não aparece para as filmagens na metade do tempo. Portanto, fomos forçados a retirá-lo do programa.

Mamãe soltou uma exclamação. — Todas aquelas estadias na reabilitação não funcionaram?

Serena balançou a cabeça negativamente. — Funcionaram por algum tempo, mas ele sempre volta. Agora, ele simplesmente se recusa a voltar para lá. Não podemos ajudá-lo, a não ser que ele queira melhorar. Não sabemos o que fazer.

Se Serena e Steve realmente queriam ajudar Jason a se recuperar do vício, transmitir os esforços dele na televisão parecia ser o caminho errado. Mostrar os problemas da família era algo bom para o sucesso, mas traía muito da confiança. Senti um pouco de pena de Jason.

Serena era madrasta de Jason, mas tinha apenas cerca de dez anos a mais que ele. Os rumores diziam que Jason se ressentira do casamento de Steve com Serena menos de um ano depois da morte acidental da mãe dele oito anos antes.

Mamãe pigarreou e disse em uma voz artificialmente alegre: — Temos muito a fazer, portanto, precisamos ir, Cen.

Quando estávamos de volta ao carro, perguntei: — Por que as pessoas renovam os votos, Mamãe? De que adianta?

Mamãe girou a chave de ignição e ligou o carro. — Eles estão reafirmando o compromisso um com o outro. Algumas vezes, isso é feito depois de um problema grande ou talvez para celebrar um marco, como um aniversário de dez anos de casamento. Talvez eles nunca tenham tido uma cerimônia de verdade, para começo de conversa. Lembra-se do episódio 3? Steve e Serena estavam ocupados demais filmando o programa para terem um casamento de verdade. Portanto, fizeram apenas aquela cerimônia pequena nos degraus da prefeitura.

Eu ri. — Você sabe demais sobre essas pessoas. É obcecada por elas.

Mamãe deu de ombros e engatou a marcha do carro. — Acredito em finais felizes, Cen. Não acredito que haja uma maldição dos Rocklins. Ignore o que Pearl e Vovó dizem, pois temos um futuro muito brilhante à nossa frente.

— Você quer dizer futuro nenhum — retrucou Vovó Vi do banco de trás.

— Falando em futuro, onde encontro um fotógrafo? — perguntei.

— Tia Pearl acabou de comprar uma câmera nova — respondeu Mamãe. — Ela seria absolutamente perfeita!

Ela seria um perfeito desastre. O que, de certa forma, *era* um evento dos McCoys Reais perfeito para fotografias.

CAPÍTULO 5

Corri o dedo pelo botão de volume derretido do rádio do carro e fiquei imaginando se os McCoys tinham nos trazido sorte ou azar. Mamãe olhava fixamente à frente, com as duas mãos segurando o volante, enquanto dirigíamos de volta pela cidade. Vovó Vi estava encolhida no banco traseiro. O feitiço dela apagara o fogo, mas o rádio não funcionava mais. O silêncio era desconfortável. Considerei lançar um feitiço para consertar o rádio como um favor para Mamãe, mas isso só iniciaria outra discussão.

Em vez disso, concentrei meus pensamentos no artigo de destaque sobre os McCoys Reais. Qualquer história sobre renovações de votos deveria iniciar com o desabrochar do romance de conto de fadas de Steve e Serena. Como minha história se desenrolaria dependia de dois cenários possíveis: a cerimônia de renovação de votos era real ou era apenas uma história inventada para o programa *The Real McCoys*. Eu não saberia qual era o cenário até a cerimônia propriamente dita, mas, de qualquer forma, não importava muito. A maior parte da reportagem seria material de fundo do programa e eu só preencheria as lacunas posteriormente.

Se a renovação de votos fosse genuína, eu escreveria uma história boa que contrastaria com a hostilidade na tela de um em relação um outro. Se os votos fossem uma cerimônia falsa para o programa, a história se escreveria sozinha. Haveria insultos e destruição, e eu simplesmente registraria a ação.

Basicamente, a história caíra no meu colo. Eu mal podia esperar para começar a escrevê-la, mas, primeiro, tinha que terminar as correções finais na edição de Dia dos Namorados. A maldição dos Rocklins parecia mais ficção do que realidade. Aquele dia acabara sendo um dia de sorte.

* * *

QUANDO MAMÃE finalmente chegou à nossa propriedade e percorreu a estrada longa e serpenteante até o hotel no topo da colina, meu coração afundou. O Porsche vermelho de Jason estava estacionado ao lado de uma van branca e de uma caminhonete perto do prédio separado onde ficava o Ponto do Feitiço. Era incomum naquela época do ano ver veículos no estacionamento no meio da manhã. Talvez algum empreiteiro parara no bar para um almoço cedo.

Pelo menos, era Lucky quem cuidava do bar naquele dia, em vez de Tia Pearl. Quanto menos Tia Pearl interagisse com as pessoas, melhor, particularmente alguém com temperamento tão ruim quanto Jason McCoy.

Eu me apressei atrás de Mamãe quando ela atravessou o estacionamento em direção aos degraus do hotel. — Tia Pearl não pode ser a fotógrafa. Você sabe que ela não botará os pés na propriedade dos Rocklins.

Mamãe se virou, jogou os braços para cima e retrucou: — É mesmo, esqueci. Bem, então quem, Cendrine? Tem uma solução? Não posso fazer tudo sozinha!

— Ahm... talvez Lucky possa fotografar? — Eu me encolhi enquanto esperava a resposta de Mamãe. Ela nunca perdia o controle, especialmente comigo. Ela era uma pessoa totalmente diferente naquele momento e isso me assustou.

Ela se virou no pé da escada, com as mãos nos quadris. — Lucky? Você não pode estar falando sério!

Dei de ombros. — Por que não? Isso manterá Tia Pearl ocupada cuidando do bar e sem interferir com os McCoys. Isso resolve dois problemas. Só diremos a ela que Lucky telefonou avisando que estava doente ou algo assim.

Os ombros de Mamãe caíram. — Ok, está bem. Você coordena isso com Lucky. Mas acho bom que ele apareça.

— Ele vai, prometo. Eu mesma o levarei até a casa dos Rocklins.

Os ombros de Mamãe caíram ainda mais, como se ela estivesse carregando o peso do mundo. Em seguida, ela se virou e subiu os degraus sem mais uma palavra.

Eu a chamei. — Eu sei que você está trabalhando muito, Mamãe. Prometo que ajudarei mais.

Mamãe se virou e colocou a mão sobre a boca. Ela parecia prestes a cair em lágrimas. — E-eu peço desculpas se fiquei furiosa, Cen. É só que... algumas vezes, parece que sou a única que mantém a família unida. Eu cuido do hotel, faço todas as comidas e pago as contas, mas não tenho apoio nenhum. E, com Pearl e sua avó criticando tudo o que faço... estou um pouco estressada com tudo no momento.

— Não se preocupe, Mamãe. Estou aqui. — Mamãe realmente deveria ter consultado o restante de nós antes de se comprometer com algo importante, mas já estávamos no meio disso e era tarde demais para recuar. As vinte e quatro horas seguintes poderiam ser ótimas ou péssimas para nós. Todo o resto teria que esperar.

Como a maldição, que parecia mais e mais real a cada minuto.

Mamãe olhou para o relógio e suspirou. — Talvez isso seja simplesmente demais para nós. Espero não ter cometido um erro terrível.

CAPÍTULO 6

Mamãe e eu estávamos sentadas na sala de jantar do hotel. Estávamos discutindo os arranjos para a cerimônia de renovação de votos de Steve e Serena quando Tia Pearl entrou.

— Sobre o meu cadáver! — Tia Pearl marchou até a nossa mesa e balançou o dedo para Mamãe. — A maldição dos Rocklins nos arruinará. Não vou arriscar minha vida por alguns trocados.

Mamãe ergueu o olhar do catálogo brilhante de arranjos de flores que estivera nos mostrando e franziu a testa. — Precisamos do dinheiro, Pearl. Nossas reservas diminuíram muito nos últimos meses. Você está ciente de que estamos enfrentando a ruína financeira? Temos sorte de recebermos algum hóspede. Não vejo você gerando qualquer dinheiro.

— Não vale a pena colocar nossa vida em risco, Ruby. Deixe a casa dos Rocklins em paz antes que seja tarde demais. — Tia Pearl bateu o pé no chão enquanto esperava uma resposta.

— Ou fazemos isso ou vamos morrer de fome. Os McCoys são apenas uma família comum — disse Mamãe. — Exceto que eles são famosos. Trouxeram junto alguns funcionários que ficarão aqui no hotel. Em uma semana, eles terão ido embora. Só o que os McCoys

47

querem é um Dia dos Namorados tranquilo. Ah, e eles me pediram para ajudá-los na renovação dos votos.

— Eles têm uma equipe de filmagem, Ruby! Há uma van cheia de equipamentos no estacionamento. Não minta para mim. Não é uma renovação de votos, é um golpe publicitário.

Mamãe não mencionara a equipe. Que outros segredos ela guardara de nós?

Mamãe abriu um sorriso falso para Tia Pearl. — Pearl, pode cuidar das flores? Talvez algumas rosas brancas e vermelhas, e um arco de balões brancos e cor-de-rosa?

Tia Pearl bateu o pé no chão. — Eu *não* vou fazer outro de seus arcos de balões idiotas. Vocês duas estiveram planejando isso por meses, não foi?

Ergui as mãos em protesto. — Só descobri sobre o *The Real McCoys* no caminho para a Mansão Rocklin.

Tia Pearl estreitou os olhos ao nos olhar friamente. — Acha mesmo que um programa de TV vale arriscar nossa existência como bruxas? Quanto eles pagaram a você?

O rosto de Mamãe ficou vermelho, mas ela permaneceu em silêncio.

— O que foi então? Eles ofereceram a vocês um papel no programa?

— Você entendeu tudo errado, Tia Pearl. — Eu discordava das ações de Mamãe, mas ela sempre tinha em mente o melhor para nós. — Eles não disseram nada sobre filmar e não somos parte do elenco. Steve e Serena só queriam um refúgio tranquilo.

Tia Pearl revirou os olhos. — Ah, então agora você já os chama pelo primeiro nome? Bela tentativa, Cen. Vocês estão conspirando juntas. Sua sede por fama e riqueza está colocando em perigo nossa existência como bruxas. Não participarei de nada disso. Vire-se com seus balões e flores idiotas.

— Eu não... — Parei no meio da frase, sentindo-me envergonhada. Claro, Mamãe não fora sincera. Mas qualquer consequência da maldição, se ela fosse mesmo real, parecia vaga. A maldição provavelmente era só uma lenda fantástica tirada da proporção. Mamãe sempre me protegera do perigo. Se a maldição fosse algo a realmente temer, ela teria me contado anos antes.

Com ou sem maldição, o verdadeiro problema era confiança. Por que ninguém na minha família me contara sobre a maldição dos Rocklins antes? Eu não podia ignorar o fato de que Vovó Vi e Tia Pearl pareciam genuinamente aterrorizadas. Isso me deixava com medo. Tia Pearl era a pessoa mais destemida que eu conhecia. Se ela estava com medo, devia haver um bom motivo. E Mamãe devia ter me contado para que eu pudesse tirar as minhas conclusões.

Eu pigarreei. — Os McCoys irão embora daqui a poucos dias, Tia Pearl. Você nem os viu. — Omiti qualquer menção ao filho deles, que estava naquele momento ficando bêbado no Ponto do Feitiço.

Tia Pearl emitiu um som de desprezo. — Que ótimo que nossos hóspedes podem relaxar enquanto nossa vida desmorona.

Mamãe jogou os braços para cima, frustrada. — O dinheiro dos nossos hóspedes nos permite viver como vivemos, Pearl. — Mamãe acenou com o braço para nossa sala de jantar rústica. O aposento era grande, mas mobiliado de forma modesta. As quatro mesas de jantar grandes de carvalho estavam gastas, mas eram funcionais, tendo sido adquiridas de um restaurante que falira. O bufê de café da manhã e lanches ao lado da porta da cozinha era simples, construído por uma pessoa da cidade. A sala de jantar era mais pitoresca que grandiosa, mas servia à sua finalidade.

— Teremos sorte de viver mais um dia — murmurou Tia Pearl.

Mamãe balançou a cabeça. — Parem de ser tão negativas, as duas. Eles pagaram adiantado o dobro de nossa taxa comum.

— Ruby, não há dinheiro suficiente no mundo que compense ativar aquela maldição.

— Não há maldição, Pearl. Você viu alguma prova dela no tempo todo em que moramos aqui? — Mamãe respondeu à própria pergunta. — Não, não viu.

Tia Pearl estreitou os olhos. — A maldição está dormente só porque os Rocklins saíram da cidade. Claro, isso foi há décadas, mas basta um erro para que ela seja reativada. Fui eu quem manteve aquela maldição controlada durante todos esses anos, mas alguém agradeceu? Não! — Ela balançou a cabeça.

— Ah, então agora você é a nossa salvadora? — retrucou Mamãe. — Realmente, Pearl, você é ridícula.

— Mamãe, pare.

Mamãe cruzou os braços. — Não cederei desta vez. Pearl, pare e pense bem. Não há força externa que possa tirar nossos poderes. Eles não são rigorosamente hereditários. Você também sabe disso, Cen. Feitiços e poderes de bruxaria não vão até você. Eles saem de você. Nós todas passamos milhares de horas melhorando nossa bruxaria. Nós merecemos esses poderes, com cada feitiço, cada hora e cada dia de prática. Sim, recebemos um dom, mas nossos poderes se desenvolveram mais com trabalho duro do que qualquer outra coisa.

Mamãe tinha razão. Apesar de eu ser grata pelas minhas habilidades sobrenaturais, não escolhera a complicação de ser bruxa. No começo, eu aceitara relutantemente minha responsabilidade, mas depois praticara em segredo só para chegar aos padrões impossíveis de Tia Pearl. Cada feitiço, poção e tintura de ervas fora merecido com muito trabalho. O sucesso não acontecera por si só.

Uma pergunta ainda me incomodava. Virei-me para Mamãe. — Os Rocklins realmente foram embora da cidade, não foram?

— Bem... sim. As pessoas se mudam por todo tipo de motivo. — O tom de Mamãe era artificialmente animado.

Tia Pearl disse: — As pessoas não se mudam na calada da noite por um capricho e deixam seus pertences para trás, Ruby. Você sabe por que os Rocklins foram embora e Cen merece a verdade.

— Ela sabe o suficiente por enquanto. O restante é uma história para outro dia. — Mamãe se virou e andou rapidamente para a cozinha, batendo a porta atrás de si.

Tia Pearl se virou para mim, com os olhos cheios de preocupação. — Quando escolher um lado, Cendrine, escolha com sabedoria. O que acontecer em seguida não poderá ser desfeito.

CAPÍTULO 7

ing-ring! Ring-ring! Ring-ring!

— Ai! — Assustada com a campainha na mesa de recepção sob a qual eu estava ajoelhada, ergui a cabeça de súbito e bati-a no balcão. Saí debaixo da mesa e fiquei de pé.

— Já estava na hora de alguém me ajudar. — Uma mão cheia de joias jogou uma pilha de papéis sobre a mesa de recepção do hotel. — Tenho uma reserva para vinte e quatro quartos, não fumantes.

Passei a mão sobre o ponto dolorido na minha cabeça, onde um galo já começara a se formar. — Ahm... não pode estar certo. O Westwick Corners Inn só tem 8 quartos. Não poderíamos ter reservado vinte e quatro quartos para você.

Olhei para os olhos verdes de uma mulher incrivelmente bonita, com longos cabelos ruivos. Ela se apoiou no balcão, diminuindo a distância entre nós.

Os olhos dela mergulharam nos meus quando ela bateu nos papéis com o dedo indicador.

— Leia isto bem aqui. Nós reservamos vinte e quatro quartos. Não oito quartos. *Vinte e quatro quartos.*

— Nossos quartos são bem espaçosos. Se as pessoas quiserem dividir...

— Absolutamente não — disse ela. — A equipe sempre fica em quartos privados e foi isso que reservamos. Você precisa resolver isso imediatamente.

Mamãe não mencionara nada daquilo. Por dentro, eu estava fumegando, mas forcei um sorriso educado. — Acho que houve alguma confusão. O hotel mais próximo com esse tamanho fica em Shady Creek, a uma hora de distância.

— Inaceitável — retrucou a mulher. Ela deu um passo atrás e procurou alguém que pudesse ajudar mais que eu. Ela estava vestida de forma casual, mas elegante, com *jeans*, saltos altos e um suéter verde que combinava com seus olhos intensos.

Ela faria picadinho de mim, pois, não importava o que eu dissesse ou fizesse, simplesmente não tinha vinte e quatro quartos a oferecer. O dia já era um desastre e nem era meio-dia ainda. — Eu queria poder ajudar, mas só temos...

Ela acenou com as mãos, palmas para cima, em protesto. — Pare de inventar desculpas e dê-me os malditos quartos.

Meu coração bateu com força enquanto eu desdobrava o papel. Era uma reserva, com certeza, mas para um hotel diferente em uma cidade vizinha. — Entendi o que aconteceu. Você reservou no *The Western Inn* em Shady Creek. Você não é a primeira pessoa a confundir os dois hotéis. Se quiser, posso telefonar para eles, srta...

— Abby Monroe. Sou a assistente pessoal de Serena McCoy. Outra cidade não é uma opção viável e não foi o que providenciamos. — Abby olhou para um homem alto e musculoso parado à porta da frente do hotel. Ele acenou com a cabeça de forma quase imperceptível ao mudar de posição.

O homem parecia estranhamente familiar, mas não consegui me lembrar de onde o vira. Ele era muito alto e o topo da cabeça chegava ao topo da soleira da porta. Ele tinha o físico de um fisiculturista bombado, com braços tão musculosos que não ficavam retos ao lado do corpo, mas ligeiramente fora de ângulo. Supus que ele era parte da equipe de segurança dos McCoys, apesar de ser estranho não estar na casa com eles. A presença do elenco e da equipe confirmou minha suspeita de que a renovação de votos simples dos McCoys não seria tão simples assim.

Respirei fundo. O cliente sempre tinha razão, especialmente um que estava errado. Eu tinha que acalmar a situação de alguma forma.

— Abby, você tem sorte porque todos os nossos oito quartos estão disponíveis. Posso lhe dar esses quartos agora mesmo. Infelizmente, não existem outros lugares para ficar em Westwick Corners. Uma parte de sua equipe pode ficar na cidade vizinha?

Abby balançou a cabeça negativamente e empurrou um papel sobre a mesa. Ela bateu com o dedo no cabeçalho. — Você está errada. O lugar é este. Até mesmo o GPS nos direcionou para cá.

Meu rosto ficou quente quando vários outros homens e mulheres entraram no saguão. Discutir não resolveria a situação. O pânico começou a me invadir quando vi a pequena área agora cheia de pessoas e vozes altas. Respirei fundo várias vezes e li novamente o papel.

Claro, impresso sob o nome e o logotipo do hotel errado estava nosso endereço. Aquilo não fazia o menor sentido, mas eu tinha que resolver a situação de algum jeito. De uma forma ou de outra, eu precisava encontrar vinte e quatro quartos imediatamente.

Olhei para Abby e abri um sorriso amarelo. — Isso é estranho. Não sei como isso aconteceu, mas não se preocupe, resolveremos tudo.

Mamãe, parada no corredor, ouviu o que eu disse e aproximou-se. Ela se juntou a mim atrás do balcão. — Resolver o quê?

Expliquei a situação e apresentei Abby.

— Não é um problema — disse Mamãe em tom animado. — Você está com sorte, pois temos mais oito quartos no anexo. Alguns de vocês terão que dividir um quarto, mas são suítes muito grandes. Pode ser assim?

Abby suspirou. — Terá que servir, acho. Teremos um dia cheio amanhã.

* * *

O "ANEXO" de Mamãe era a Escola de Encantamento de Pearl. Com bruxaria, ela rapidamente transformou o prédio, dando-lhe uma nova fachada e divisões para fazer mais oito quartos. De alguma forma, ela convenceu Abby. Os quartos não tinham a mesma atmosfera que a do hotel, mas o prédio parecia arrumado e novo com uma camada nova de tinta e alguns cedros na frente. E, o melhor de tudo, havia um caminho de pedra até o estacionamento e até o Ponto do Feitiço, onde poderiam relaxar um pouco.

Agora, só o que precisávamos fazer era explicar a expropriação temporária da escola para Tia Pearl, que teria um ataque histérico. Para começo de conversa, como aquela confusão dos quartos aconteceera? Era outro dos segredos de Mamãe? Ou era algo mais sinistro, como a maldição dos Rocklins?

CAPÍTULO 8

*D*epois de alguns minutos frenéticos, toda a equipe dos McCoys foi alojada em seus quartos. Não foi fácil. Houve discussões acaloradas sobre quem teria que dividir o quarto e quem não teria. Porém, Abby conseguiu resolver as coisas com alguns ajustes. Abby e o segurança musculoso, que era, na verdade, o chofer dos McCoys, ficaria na Mansão Rocklin com os McCoys, bem como Jason. O plano original de colocar Jason com a equipe me deixara surpresa. Por outro lado, talvez Jason quisesse manter certa distância da família.

Na cozinha, sentei-me à mesa do café da manhã, com a intenção de terminar meu artigo especial do Dia dos Namorados. Ele só precisava de alguns retoques finais, mas eu não conseguia me concentrar. Eu estava preocupada com uma maldição que Mamãe se recusava a reconhecer. Talvez eu conseguisse encontrar mais informações sobre a família Rocklin em edições antigas do Westwick Corners Weekly ou nos registros históricos da biblioteca. Uma família que abandonara a mansão e deixara a cidade no meio da noite seria digna de uma notícia em uma cidade pequena como a nossa. Pelo menos, era um ponto de partida.

Meus dedos estavam sobre o teclado, prestes a digitar na barra de pesquisa, quando uma rajada de vento frio passou sobre a minha cabeça. Vovó Vi estava flutuando acima de mim. A forma semitransparente dela brilhou, envolta em um manto de veludo roxo que rodopiava quando ela se movia. Ela olhou intensamente para o meu *notebook* sobre a mesa.

— Estou revisando para você, querida. — Vovó Vi segurou um lápis com borracha com as duas mãos e bateu-o desajeitadamente na tela. — Você repetiu uma palavra no segundo parágrafo, Cen. Estou apertando o máximo que consigo, mas, por algum motivo, não quer apagar.

Ela pressionou a tela com tanta força que o lápis caiu de sua mão. Ele caiu sobre o teclado com um barulho surdo. Ela acenou com a mão para a tela. — Funcionou! Eu só precisava apertar o botão certo!

Soltei uma exclamação. A tela que estivera cheia de caracteres pretos agora estava em branco. Apertei a seta para cima e depois a seta para baixo enquanto uma sensação de pânico surgia dentro de mim. — O que... você acabou de...?

— Eita. Para onde foram todas aquelas palavras? Eu só queria apagar uma palavra errada, não tudo. Desculpe, Cen. — Ela começou a recitar um feitiço de volta no tempo, mas parou no meio. — Não consigo me lembrar do feitiço exato para botá-las de volta.

— Está tudo bem. É fácil de resolver. — Pressionei o comando de desfazer no teclado.

Nada aconteceu. A tela vazia estava à minha frente, sem mudança nenhuma. — Isso deveria ter funcionado. Você salvou?

— Salvei o quê? — Vovó Vi olhou para a tela. — Você sabe que não gosto de computadores.

— Não se preocupe, Vovó. Eu ainda não tinha apertado o botão de salvar, portanto, deveria poder desfazer o que você fez. Não faço ideia do que aconteceu.

Vovó Vi franziu a testa. — Ai, meu Deus. O que aconteceu foi a maldição dos Rocklins. Corrija com bruxaria. Tente um feitiço de reversão.

Meu coração acelerou quando murmurei o feitiço de reversão baixinho.

Nada.

Gotas de suor se formaram na minha testa. Minha edição do Dia dos Namorados, uma semana inteira de trabalho, fora apagada permanentemente. Cliquei no ícone da lixeira do computador.

Vazia.

Para onde fora o meu arquivo?

Se pelo menos eu não tivesse enrolado com apenas alguns minutos de trabalho faltando.

Xinguei baixinho e cliquei no botão de desfazer repetidamente, sabendo que era inútil. Eu deveria ter conseguido desfazer ou recuperar uma versão mais antiga do arquivo. Mas não consegui. O arquivo desaparecera completamente do meu computador. Certamente havia bruxaria envolvida.

Não era bruxaria de Vovó Vi, claro. Sendo fantasma, ela mal conseguia lançar feitiços. Ela só tentara ajudar. Nunca sabotaria de forma consciente os meus esforços. Nem Mamãe.

Tia Pearl era outra história. Ela adoraria fechar o *The Westwick Corners Weekly* e forçar-me a me concentrar mais na bruxaria. Ela sempre tinha a esperança de que sua interferência mágica me levaria para o seu lado. Mas destruir meu trabalho em andamento era extremo demais, até mesmo para ela. E não havia outras bruxas na cidade.

Massageei a testa na esperança de diminuir a dor de cabeça que surgira.

– Tente o feitiço de reversão de novo, Cen. Provavelmente esqueceu uma palavra — disse Vovó Vi.

— Vale a pena tentar. — Eu duvidei que funcionasse, mas não tinha outras opções. Respirei fundo e recitei o feitiço de reversão, desta vez de forma lenta e cuidadosa. Eu estava na metade da segunda linha quando a porta de trás foi aberta com tanta força que bateu contra a parede.

— Algum problema? — Tia Pearl entrou na cozinha e tirou as botas ao lado da porta. — Por que está aí parada em vez de trabalhar?

— Meu arquivo do Dia dos Namorados acabou de desaparecer sem motivo algum. — Esperei cuidadosamente a resposta dela.

Tia Pearl deu de ombros. — O motivo é a maldição dos Rocklins. Não foi uma perda grande, já que ninguém lê seus artigos. Eles podiam muito bem ser escritos por fantasmas.

Vovó Vi a encarou friamente. — Fantasmas sabem escrever. Bom, pelo menos, sabem ditar. Só preciso de alguém que aperte as teclas para mim.

— Não é a maldição e posso recuperar o arquivo — disse eu. — Fiquem quietas para que possa me concentrar.

Tia Pearl zombou de mim em tom sarcástico: — Quietas para que ela possa se concentrar! Vou mostrar a você que uma boa bruxa opera em todos os tipos de condições e não deixa que distrações...

Tapei os ouvidos e recitei o feitiço de reversão, desta vez em sua totalidade. Segundos depois, a tela encheu de corações vermelhos e recados do Dia dos Namorados.

Suspirei com alívio ao verificar o texto. Era minha última versão, inteiramente intacta. — Que bom que está de volta.

Vovó Vi bateu as mãos transparentes. — Muito bem, Cen! Você é uma bruxa incrível.

— Ela é passável — resmungou Tia Pearl.

Vovó Vi a ignorou. — Sua edição do Dia dos Namorados é uma ideia tão boa, Cen. Mal posso esperar para ler o resto. — Ela flutuou sobre meu *notebook* uma vez mais, lendo as mensagens em voz alta. Mais uma vez, ela segurou um lápis na mão transparente.

Sem querer repetir o desastre anterior, conjurei uma cópia impressa do jornal para Vovó Vi e outra para Tia Pearl. Coloquei a cópia de Vovó Vi cuidadosamente no centro da mesa e abri-a na primeira página dos recados. Ela teria que criar um vento para virar as páginas, mas eu estava pronta para ajudar. Eu não podia ter mais nenhuma complicação.

— Não vou ler esse folhetim. — Tia Pearl enrolou a cópia dela em uma arma e tentou bater na minha cabeça com ela. Segurei o jornal antes que encostasse em mim e coloquei-o sobre a mesa.

Vovó Vi ergueu o olhar da cópia dela e riu. — Uuuuh, olhe só esse:

Você é minha pérola, Pearl. Com amor, Earl. Nossa, para quem será esse?

Nós duas nos viramos para Tia Pearl.

— Dê-me isso! — As bochechas de Tia Pearl ficaram muito vermelhas. Ela pegou a cópia de Vovó Vi de cima da mesa e segurou o jornal com o braço esticado, espremendo os olhos para ler as mensagens.

— Oh, minha pérola Pearl. Que fofura! — Vovó Vi flutuou a pouco mais de um metro do chão, gargalhando alto.

Tia Pearl jogou o jornal no meu peito. — Meu Deus, Cendrine, você é uma poeta horrível.

— Eu não escrevi nada, seu namorado escreveu. É a mensagem do Dia dos Namorados de Earl para a querida dele.

Tia Pearl corou novamente. — Earl nunca faria algo tão ridículo assim. Suas tramas baratas são tão ruins quanto aquele *reality show* idiota.

— Por que não pergunta a Earl? — Eu sorri. — Há uma mensagem misteriosa. É um anúncio de página inteira anônimo para surpreender alguém especial. Não consigo descobrir de quem é nem para quem é.

Mamãe entrou na cozinha pela porta que dava para a sala de jantar. — Quem é o que para quem?

— É uma mensagem secreta, Mamãe. Uma pessoa anônima pagou por um anúncio de página inteira. — Apontei para a parte central do jornal de Vovó Vi. A fonte era grande o suficiente para que uma pessoa de noventa anos conseguisse ler sem óculos.

— De quem é? — perguntou Mamãe.

Dei de ombros. — Não havia nome no envelope que foi colocado debaixo da minha porta ontem, depois do expediente. — Não mencionei os quinhentos dólares em dinheiro que estavam no envelope. Isso era mais do que o custo do anúncio e eu queria devolver o excesso em algum momento.

— Ri-dí-cu-lo! — Tia Pearl marchou até a ilha da cozinha e serviu uma xícara de café da cafeteira.

Mamãe foi até a mesa. — Bom, o que a mensagem diz?

Abri o jornal e coloquei-o no centro da mesa para que todas nós pudéssemos ler. — É muito fofa. Você vai adorar.

Li a mensagem em voz alta:

Te amo muito, demais,
Mas nem o meu gás
Eu consigo pagar.
Moro num lixão
Sou meio gordão
Mas... quer me namorar?

Sem teto pra viver
Eu posso até morrer
Mas juntos, eu e você
A gente até paga pra ver
Vamos sobreviver

Nesse rolê
Vamos aproveitar muito
Vivermos felizes juntos
Vamos nos querer, nos amar

Tia Pearl emitiu um som de desprezo. — Que tipo de idiota escreve uma porcaria dessas? É horrível!

— É tão fofo — comentou Mamãe. — Dizendo que não tem muito, mas tudo que tem é da pessoa amada. Que amor.

— Argh! — Vovó Vi caiu subitamente e bateu na mesa ao perder a levitação. A forma transparente dela se contorceu quando ela rolou lentamente para fora da mesa e para o banco.

— Vovó, você está bem? – Concentrei meus pensamentos e tentei levitá-la de novo. Eu fizera ginásticas mentais similares antes, principalmente enquanto praticava a bruxaria. Desta vez, no entanto, ela não saiu do lugar.

Ela assentiu apreensiva. — É a maldição dos Rocklins reativada. Eu lhe disse para deixar aquele lugar em paz, Ruby.

Mamãe ficou de boca aberta em choque, mas não disse nada.

Subitamente, o aposento mudou e ficou borrado. As paredes racharam, louças caíram no chão e o ar ficou denso com poeira. Eu mal conseguia ver o outro lado. A poeira desapareceu com a mesma rapidez, mas revelou que o canto de café da manhã em torno do qual estávamos reunidas se transformara em uma mesa de piquenique.

Uma gota d'água caiu no meu pulso. Olhei para cima e vi o céu por um buraco no teto. O que era altamente incomum, pois estávamos no andar térreo do hotel de três andares. O buraco gigante no teto se alinhava com um buraco no teto do segundo andar e, acima dele, no teto do terceiro andar. O céu estava coberto de nuvens de tempestade que tinham começado a derramar gotas de chuva.

Mamãe soltou uma exclamação. — Ai, meu Deus, os hóspedes! E se alguém pisar no buraco? Um dos hóspedes poderia morrer!

Enquanto eu olhava para cima em choque, a costura do meu vestido rasgou.

Tia Pearl apontou para a minha barriga. — Cen! Você acabou de ganhar uns vinte quilos!

Vovó Vi falou em um sussurro. — Ai, meu Deus... foi uma maldição que você recitou, não um poema do Dia dos Namorados, Cen. Tudo o que leu em voz alta está acontecendo conosco agora. Literalmente não temos um teto sobre a cabeça. Isto tudo é parte da maldição dos Rocklins.

Balancei a cabeça negativamente. — É só uma coincidência.

— Todos os nossos piores medos viraram realidade! — gritou Mamãe. — Em vez de saúde, riqueza e felicidade, temos doença, pobreza e tristeza. E gordura.

Meu lábio inferior tremeu enquanto eu lutava contra a vontade de chorar.

Tia Pearl franziu a testa. — Eu avisei você, Ruby. Mas não quis me ouvir.

Ninguém disse nada.

Algumas palavras faladas em voz alta tinham causado uma catástrofe. Agora, nosso hotel lotado estava danificado e nossas habilidades de lançar feitiços também estavam ameaçadas. A maldição dos Rocklins era real e já estava causando o caos. Éramos invencíveis juntas, mas separadas, éramos impotentes para lutar contra ela. O que acontecesse a seguir determinaria nosso futuro como bruxas por gerações.

CAPÍTULO 9

Olhei para cima para o buraco no teto. Mamãe verificara todos os quartos, mas a única notícia boa era que todos os hóspedes tinham saído para almoçar. Eles voltariam mais cedo ou mais tarde, e tudo teria que ser consertado antes do retorno deles.

Mamãe estava furiosa. — Você está por trás disto, Pearl. Gostando ou não de hóspedes pagantes, precisamos do dinheiro. Conserte o telhado antes que espante os hóspedes.

Tia Pearl andou até a mesa, com uma expressão solene no rosto. — Você sabe que não fui eu, Ruby. É a maldição. Você colocou todas nós em perigo ao alugar a casa dos Rocklins.

Segurei a mão de Mamãe com a minha mão esquerda e a de Tia Pearl com a minha mão direita. — Chega desse joguinho de culpa. É tarde demais para fazer algo sobre isso. Vamos combinar forças e ver se conseguimos consertar o telhado. — Vovó Vi fechou o círculo e recitamos o feitiço de reversão, desta vez em uníssono.

Foram necessários todos os nossos esforços e várias tentativas, mas conseguimos reverter o telhado à condição antes do feitiço. Com isso feito, corri até a janela para verificar o anexo. Por sorte, ele permanecia inalterado, ainda em sua condição recém-convertida.

— Nossa, estou exausta. — Desabei sobre uma cadeira. Eu precisava de um cochilo e nem era hora do almoço ainda.

— Nada disso faz sentido — disse Mamãe. — Qualquer um que ler este verso em voz alta terá um buraco no telhado. Isso amaldiçoa todo mundo.

Tia Pearl balançou a cabeça negativamente. — Não é verdade. A maldição só funciona quando é recitada por uma bruxa. A pessoa foi cuidadosa, plantando-a em um jornal que ninguém além de Cen lê.

Eu a olhei com desconfiança. — Quem é "a pessoa"?

Silêncio.

— Muitas pessoas leem o meu jornal — disse eu na defensiva. — Tia Pearl, alguém... conte-me mais sobre a maldição. Como eu posso me proteger se não sei o que estou enfrentando?

Tia Pearl retrucou: — Depois eu conto. No momento, precisamos contra-atacar a maldição antes que ela cause danos imensuráveis.

— Você não pode reverter algo que não existe — disse Mamãe.

— Pois veja só. — Tia Pearl ergueu os braços e falou em voz alta:

SUA MALDIÇÃO *dos céus fenecerá*
Diante dos seus olhos se apagará
Seu pesar sobre nós não recaia
Vá embora você e a sua laia
Eu guardarei e protegerei este posto,
Não se atreva a mostrar seu rosto,
Seus poderes de bruxa não existem mais,
Para sempre lacrados porta atrás,
De bruxa agora e para sempre mortal,
Eternamente banida do portal,
Você vai pagar por seus erros gravemente,
Todos os seus sonhos morrerão na semente,
Suas maldições não mais brotarão,
As dúvidas em sua cabeça permanecerão
Quarenta anos e um dia – e até essa hora
Vê-la-emos banida deste plano para fora.

. . .

ELA ABAIXOU os braços e esfregou as mãos. — Pronto. Agora só temos que esperar e ver.

Vovó Vi pigarreou. — Agora posso contar a Cen sobre os Rocklins?

— Não. Sou eu quem deve explicar a maldição dos Rocklins — insistiu Tia Pearl ao se sentar à mesa do café da manhã. Ela encarou Vovó Vi friamente. — Você estava diretamente envolvida demais para descrever com precisão.

— Está bem, faça do seu jeito. — Vovó Vi ficou com o rosto vermelho de raiva.

Tia Pearl disse em tom melancólico: — Nossas duas famílias de bruxas, Wests e Rocklins, viveram em harmonia por décadas. Dividimos os deveres com o vórtice e até mesmo compartilhamos poções e feitiços. Tudo funcionava maravilhosamente bem. Então, uma bruxa, Eliza Rocklin, desenvolveu uma sede insaciável por poder.

— Até então, Westwick Corners era uma espécie de utopia sobrenatural. Praticávamos os feitiços abertamente, nossas hortas mágicas floresciam e fazíamos o que tínhamos vontade. Nossa única obrigação era proteger o vórtice de energia. A vida era muito boa e nem sabíamos disso.

Franzi a testa. — Mamãe, por que não me contou nada disso?

— Eu... ahm... não achei...

Tia Pearl a interrompeu. — Ruby só tinha doze ou treze anos na época. Ela era tão distraída naquela época como é agora. Só se importava com cuidar da horta e cozinhar. Eu era a irmã mais velha e mais sábia. Eu estava bem ciente das consequências de cometer erros. Se perdêssemos o vórtice, não teríamos conseguido sobreviver nesta cidade. Acabei sendo garçonete na Cafeteria Shady Creek. Consegue imaginar isso?

— Claro que não. — Estremeci ao pensar em Tia Pearl servindo clientes e esperando gorjetas.

— De qualquer forma, Eliza tinha quase trinta anos, uma bruxa passável, acho, mas não tão boa quanto eu. Ela também era muito

65

manipuladora. Ela achou que, com alguns truques, a família dela poderia controlar o vórtice completamente. Queria tirar a nossa família do cenário. Dividir o poder não era suficiente para Eliza. Ela queria transformar nosso vórtice em um parque temático.

Soltei uma exclamação. — Como aconteceu há alguns anos com Tonya Plant? — Qual era a fixação das bruxas com parques temáticos?

Tia Pearl assentiu. — Exatamente. Exceto que Eliza teve sucesso. Por um período, ela controlou completamente o vórtice.

— Você a deixou fazer isso? – Era difícil imaginar que Tia Pearl permitisse que aquilo acontecesse.

Tia Pearl deu de ombros. — Ela já era uma bruxa muito poderosa, Cen. Eu ainda estava aprendendo o ofício.

Ergui a mão. — Você acabou de dizer que era a bruxa melhor.

— Pare de discutir, Cendrine. De qualquer forma, quando Eliza desativou nossos poderes, ela desligou o vórtice de energia completamente.

— Como ela pôde fazer isso? Achei que o vórtice era mais forte do que qualquer ser.

Tia Pearl suspirou. — Espero que isto não leve o dia inteiro. Eliza era o mais dissimulada que se pode ser. Eliza nos enganou para desativar nossos poderes e, depois, para transferi-los temporariamente para ela.

Minha boca se abriu. Eu não conseguia imaginar Tia Pearl entregando poder... nem aceitando ordens de ninguém. — Por que você faria isso?

— Eliza nos convenceu de que algo terrível aconteceria ao vórtice se não fizéssemos isso. Uma transferência de poder é reservada para a mais desesperada das circunstâncias. Eliza convenceu sua avó de que a transferência de poder era necessária para recalibrar o vórtice. Algo sobre o campo de energia estar desestabilizado e nossos poderes estarem interferindo nele. Nada em que eu teria acreditado, mas...

Vovó Vi a interrompeu. — Você teria feito a mesma coisa no meu lugar e sabe disso, Pearl.

Mamãe disse: — Isso tudo é passado, mas, quando Eliza desativou nossos poderes, ela lançou um feitiço para congelá-los indefinidamente. Ela planejava assumir o portal e operá-lo para lucrar.

— É contra as regras da WICCA lucrar com feitiços — disse eu.

Tia Pearl revirou os olhos. — Não seja tão ingênua, Cen. As pessoas violam as regras o tempo todo. Eliza era uma bruxa criminosa que roubava de todos. E teve sucesso.

— Vocês esconderam isso tudo de mim? — Meu rosto estava vermelho e eu estava magoada porque minha família inteira tinha escondido uma parte tão importante de nossa história de mim.

— Você não estava pronta para isso antes — retrucou Tia Pearl.

Diferentemente da maldição, eu sabia bastante sobre o vórtice. Era impossível não saber. Todas as bruxas sentiam a atração da força magnética sempre que chegava ou saía de Westwick Corners.

Nosso vórtice não era de conhecimento do público geral, como Stonehenge ou Sedona, no Arizona. No entanto, ele era bem conhecido no mundo sobrenatural. Como todos os vórtices de energia, ele aumentava os poderes sobrenaturais de uma bruxa e era um portal para outras dimensões e outros mundos.

Os poderes diminuíam com a distância maior do vórtice. A feitiçaria sempre parecera um pouquinho mais difícil em Shady Creek e, sempre que eu saía do estado, funcionava com cerca de 75% da minha força normal. O vórtice era invisível como uma onda de rádio e estar fora do alcance era como lançar feitiços com uma bateria quase descarregada. Sempre que eu voltava para casa ou chegava mais perto de outro vórtice de energia, minha feitiçaria era recarregada.

Franzi a testa. — Eliza deve ter fracassado no fim, pois nossos poderes permanecem intactos. Como você os recuperou?

— Tivemos que chamar reforços — comentou Vovó Vi.

— Você faz parecer que foi uma guerra.

— Foi exatamente isso. Uma guerra disfarçada, em que fomos atacadas em segredo. — Vovó Vi parecia triste. — Ninguém acreditou em nós e poucos nos ajudaram.

Mamãe mudou de assunto. — Talvez vocês tenham terminado o dia, mas eu não. Tenho que levar esses arranjos de flores para Serena. Também preciso fazer compras para o jantar de hoje, verificar nossos hóspedes no andar de cima e aprontar tudo para o café da manhã. Isso se chama ganhar a vida.

— O que posso fazer? — perguntei.

Porém, Mamãe não ouviu. Ela já estava no corredor, vestindo o casaco.

Éramos sombras do que um dia fôramos. Tia Pearl estava com medo. Mamãe estava irritada. E eu estava subitamente incerta sobre tudo. Alguma coisa mudara em todas nós e eu me sentia impotente para impedir isso.

CAPÍTULO 10

inalmente terminei meu artigo sobre o Dia dos Namorados e saí. O Porsche de Jason ainda estava no estacionamento do Ponto do Feitiço. Considerei esperar até mais tarde para perguntar a Lucky sobre o bico de fotógrafo, mas decidi que não poderia esperar. Não tínhamos muito tempo para organizar a cerimônia de renovação de votos de Steve e Serena. Considerando as ausências frequentes de Lucky, aquela poderia ser minha última chance.

Abri a porta do bar e entrei, parando ao ouvir as vozes de Lucky e Jason provenientes do bar. Os dois homens continuaram conversando, sem perceber minha presença.

— Posso fazer qualquer coisa acontecer. Basta ter dinheiro. — Lucky limpou o balcão e removeu a garrafa de cerveja vazia de Jason.

— Quanto? — Jason tirou a carteira do bolso de trás da calça.

Lucky esfregou o queixo. — Depende... mas, com base no que você disse, provavelmente consigo por dez mil.

— Hmm... certo. Quando?

Lucky abriu outra garrafa de cerveja e colocou-a sobre o balcão em frente a Jason. — Assim que você me pagar. Vou começar tudo.

Enquanto eu escutava a conversa que parecia superficial, lembrei-me do currículo de Lucky quando o contratáramos. Havia lacunas grandes e inexplicadas no histórico de emprego dele, mas os poucos trabalhos listados eram principalmente em bares e restaurantes de *fast food*. Criminoso de aluguel não estivera no currículo.

Andei até o bar e puxei um banco, arrastando-o de forma barulhenta no chão para me anunciar. Sentei a poucos bancos de distância de Jason.

Lucky pareceu sobressaltado pela minha presença. — Ah... oi, Cendrine. Quer algo para beber?

— Ahm, não, obrigada, Lucky. Estou aqui para perguntar uma coisa a você. Podemos conversar em particular? — perguntei.

— Não precisa, já estou de saída. — Jason levantou do banco e virou-se para Lucky. — Telefono para você mais tarde.

Esperei até que Jason saísse pela porta e ouvisse o motor do Porsche no estacionamento. — Lucky, preciso da sua ajuda. Um casal de hóspedes vai renovar os votos e preciso de um fotógrafo para amanhã. Está interessado? É bem simples. Tirar algumas fotografias da cerimônia, antes e depois, nada demais. No máximo, demorará algumas horas.

Lucky ergueu as mãos e deu de ombros. — Eu? Tirar fotografias de casamento? Nem tenho câmera.

— Não tem problema, eu fornecerei a câmera. Até mesmo levo você até lá e depois trago de volta. Pagarei o triplo do que recebe para ficar no bar. — Torci para que fosse uma oferta que ele não poderia recusar.

Ele ergueu as sobrancelhas. — É mesmo? Bom, acontece que estou precisando desesperadamente de um dinheiro rápido. Meu aluguel venceu e já gastei o dinheiro.

— Ótimo — disse eu. — A cerimônia será por volta do meio-dia, mas ainda preciso confirmar o horário. Só apareça aqui para seu turno como normalmente e nós iremos até lá. Conseguirei alguém para cobrir você aqui enquanto estiver lá comigo. — Se Tia Pearl não concordasse em cobrir Lucky, eu fecharia o bar como último recurso.

— Combinado. — Lucky abriu seu sorriso de um milhão de dólares. — Mal posso esperar.

CAPÍTULO 11

oltei para o hotel para trabalhar na minha matéria. Sentei à mesa de café da manhã, sentindo o estômago roncar ao olhar de relance várias vezes para a travessa enorme cheia de bolinhos na ilha da cozinha. Eu estava no meio do primeiro esboço do artigo sobre os McCoys Reais. Foi quando Mamãe telefonou e tudo mudou.

Ela soluçava histericamente. Os gritos eram tão altos que tive que segurar o telefone longe do ouvido. As frases saíam em exclamações curtas, tão desconexas que era difícil entender o que ela dizia.

— Estou na Mansão Rocklin. Aconteceu um... ahm... acidente terrível! — gritou Mamãe. — Venha depressa!

— Um acidente? O que aconteceu? — Aumentei o volume do telefone.

Tia Pearl, que estava ali perto, ouviu tudo e arregalou os olhos de medo. — É aquela maldição!

Ergui a mão para que ela ficasse quieta e eu conseguisse decifrar as falas incoerentes de Mamãe.

As palavras dela saíam aos borbotões. — Eu a-acabei de encontrar Steve McCoy. Ele estava boiando na piscina, com o rosto para baixo. Acho que ele es-está mo-mo-morto. Não sei o que fazer...

Tia Pearl tirou o telefone da minha mão e gritou: — Acredita em mim agora, Ruby? Saia daí! Estamos amaldiçoadas!

Peguei o telefone de volta. As frases curtas e confusas de Mamãe eram difíceis de entender, especialmente com o novo ruído de clique estranho na linha. — Mamãe, fale devagar e conte-me o que aconteceu. Você não está fazendo o menor sentido.

Ela falou, parando algumas vezes para soluçar. — E-e-eu tentei salvá-lo. Pulei na água, tentei... movê-lo... mas era tarde demais. Acho que ele está mo-morto.

Percebi finalmente que o som de clique era Mamãe batendo os dentes. Ela pulara na piscina, totalmente vestida, em temperatura abaixo de zero.

— Estou indo para aí, Mamãe. Fique na linha e não faça mais nada até eu chegar aí.

Ela provavelmente já estava com hipotermia ou algo pior. Corri até o saguão, vesti o casaco e calcei os sapatos. Peguei o casaco de inverno mais pesado de Mamãe do armário do saguão e saí.

Corri até o meu carro no estacionamento, falando enquanto me deslocava. — Você telefonou para o corpo de bombeiros? — Westwick Corners não era grande o suficiente para ter um setor de emergência nem paramédicos. Era o corpo de bombeiros voluntários que cuidava de tudo. Se precisássemos de assistência adicional, pedíamos ajuda a Shady Creek, uma cidade maior a mais de uma hora de distância. Não era preciso dizer que, se precisássemos da ajuda deles, provavelmente já seria tarde demais.

— E-eu telefonei primeiro para você. O que devo fazer? — A fala de Mamãe estava ficando mais arrastada e difícil de entender a cada minuto. Mamãe deveria ter telefonado primeiro para o delegado Tyler Gates, mas estava em pânico demais para pensar direito.

Cheguei ao carro com o casaco pesado de Mamãe sobre o ombro. — Vou telefonar para pedir ajuda. Tente se manter aquecida até chegarmos aí.

Tia Pearl correu atrás de mim no momento em que abri a porta do carro. Ela tirou o casaco de Mamãe do meu ombro, apertou meu braço e gritou: — Você não pode ir até lá, Cendrine! Nunca sairá com vida.

Puxei o braço para soltá-lo da mão surpreendentemente forte dela e sentei no banco do motorista. Telefonei para Tyler.

Tia Pearl xingou baixinho e correu até o lado do passageiro do SUV. Ela puxou a maçaneta da porta e sentou-se no banco do passageiro. Em seguida, jogou o casaco de Mamãe no banco traseiro. — Você não vai até lá. Eu a proíbo.

— É claro que vou, Mamãe precisa de ajuda.

Tyler atendeu ao telefone imediatamente.

Expliquei a descoberta trágica de Mamãe enquanto ligava o carro e engatava a marcha. — Mamãe está na Mansão Rocklin. Ela encontrou um homem boiando na piscina. Ele não reage.

— Aguarde, vou enviar os bombeiros. — Ouvi estática quando Tyler falou no rádio portátil e uma voz masculina no fundo disse algo indecifrável. — Ok, eles estão a caminho. E por que Ruby está na Mansão Rocklin? Achei que o lugar estava abandonado.

— Mamãe alugou o lugar e alojou alguns hóspedes de fora da cidade lá. Você provavelmente já ouviu falar deles. São os McCoys Reais, a família daquele programa de TV. Acho que Mamãe está lá sozinha, mas é muito difícil entender o que ela diz. Ela disse que encontrou Steve McCoy boiando na piscina. — Na minha mente, surgiu uma visão de Mamãe esforçando-se para puxar Steve, um homem com o dobro do tamanho dela, pela piscina.

Tyler disse: — Estou indo para lá agora.

— Eu também. — Desliguei o telefone e olhei para o estacionamento do hotel, para a vaga vazia onde o carro de Jason estivera estacionado mais cedo. Ele voltara para a Mansão Rocklin? Mamãe não mencionara ninguém mais presente. Porém, não havia muito para um jovem furioso fazer na cidade. Alguns minutos em qualquer sentido levava apenas a campos, orquidários e vinhedos na dormência do inverno.

Jason teria que dar algumas explicações, especialmente se a morte de Steve fosse mais do que apenas um acidente horrível. Lembrei-me da discussão deles mais cedo. Até onde um filho arrogante e metido a besta iria para ter as coisas do seu jeito?

Se Jason fosse inocente e não soubesse ainda do que acontecera com o pai, ele logo saberia. E o mundo também. Uma celebridade, afogada em uma cidade quase fantasma, muito longe de Hollywood. Westwick Corners estava prestes a ser descoberta. E não era de uma forma boa.

Olhei de relance para Tia Pearl. — Você disse que nunca chegaria perto da Mansão Rocklin, que é perigoso demais. Por que está aqui?

— Um cadáver é coisa demais. Momentos desesperados exigem magia desesperada, Cen. Precisaremos lançar feitiços que estão muito, muito além das suas capacidades.

— Sou perfeitamente capaz de cuidar das coisas. — De forma realista, nos melhores momentos, só o que eu conseguia fazer era manter Tia Pearl longe de nossos hóspedes. Contra-atacar uma maldição em uma possível cena de crime quase certamente estava além das minhas habilidades. Porém, ter Tia Pearl lá certamente deixaria as coisas ainda piores.

Dirigi pelo caminho de cascalho do hotel o mais depressa possível sem perder o controle. O cascalho se espalhou quando entrei na estrada e acelerei.

— Você estragará tudo, Cendrine. Entre você e sua mãe...

— Você realmente deveria ter ficado no hotel, Tia Pearl. Lucky precisa de supervisão, caso ainda não tenha notado.

— Não ouse tentar se livrar de mim. Você precisa da minha ajuda mais que nunca. Ruby nos colocou nesta confusão e você a ajudou. Como sempre, sou a única que pode nos tirar disso.

Discutir com Tia Pearl era inútil. Olhei para o lado e vi meu telefone na mão dela.

A cabeça dela estava inclinada para a frente enquanto ela sussurrava no telefone com voz baixa.

— Com quem você está falando? — Logo percebi que o telefone era só um disfarce para esconder o que ela realmente estava fazendo: lançando um feitiço.

Tia Pearl segurou algumas pedras polidas na mão esquerda e murmurou baixinho.

— Tia Pearl, pare! Você está piorando as coisas.

— As coisas não têm como ficarem piores, Cendrine. Temos que lutar contra essa maldição com tudo o que temos. Steve foi a primeira vítima, mas não será a última.

CAPÍTULO 12

Chegamos à Mansão Rocklin e vimos que o caminhão nº 1 do corpo de bombeiros de Westwick Corners já estava lá. Ele estava estacionado no caminho perto da lateral da casa. O Jeep de Tyler também estava lá, estacionado no caminho circular na frente da casa. Conduzi o SUV até a fim do caminho e estacionei, fora do caminho dos veículos de emergência. As rodas mal tinham parado de girar quando Tia Pearl saltou do banco do passageiro e bateu a porta. O sol de inverno brilhou na roupa roxa dela quando ela atravessou o caminho correndo em direção ao Jeep de Tyler.

Respirei fundo, temendo o pior, ao sair do banco do motorista e pegar o casaco de Mamãe do banco traseiro. Bati a porta do carro e corri atrás de Tia Pearl. Enquanto eu corria, ouvi vozes masculinas por trás da cerca viva alta que separava o jardim da frente e o jardim de trás, onde ficava a piscina. Provavelmente eram os bombeiros, trabalhando freneticamente para reviver Steve.

Tyler saiu do Jeep, falando ao celular. Ele não usava uniforme. Estava vestindo uma camisa de flanela, calça *jeans* e botas. Ele fez uma pausa com o casaco na mão antes de guardá-lo novamente dentro do Jeep. Nossos olhos se encontraram momentaneamente antes que ele se virasse para Tia Pearl, que chegara até Tyler com a velocidade de uma corredora olímpica.

Ela tinha a metade do tamanho de Tyler. Porém, agarrou o braço dele com tanta força que o celular voou longe enquanto ele cambaleava para trás.

Ela gritou para ele: — É melhor que cuide disto rapidamente, delegado. Mais mortes se seguirão.

Tyler se abaixou para pegar o celular. Em seguida, levantou-se e virou-se para Tia Pearl. — Espero que seja algo bom. Você tem alguma informação privilegiada que deseja compartilhar, Pearl?

— Onde está Ruby, delegado? — Tia Pearl olhou em volta.

Tyler andou calmamente até o Jeep e abriu a porta do passageiro. — Está sentada bem aqui.

Mamãe ergueu a cabeça, que estivera inclinada para a frente, e acenou fracamente. Ela estava chorando.

Tia Pearl correu até Mamãe e puxou-a para fora do Jeep. — Preciso dar uma olhada em você, Ruby, para ter certeza de que não está ferida.

Ajudei Mamãe a vestir o casaco. Enquanto isso, dois bombeiros voluntários surgiram na lateral da casa e andaram lentamente na direção do caminhão. A falta de urgência deles só podia significar uma coisa: Steve já estava morto.

Eu pigarreei. — Steve McCoy está mesmo...?

Os homens abaixaram a cabeça, evitando o meu olhar.

— Ele se foi — disse o bombeiro mais velho.

Tyler encostou no meu braço. — A médica legista está a caminho.

A médica legista ficava em Shady Creek, a uma hora de distância, e meu telefonema para notificar Tyler fora apenas alguns minutos antes. Demoraria um pouco até que ela chegasse à cena do crime. Senti um nó de medo na boca do estômago enquanto observava os bombeiros lentamente guardarem os equipamentos. Talvez Vovó Vi e Tia Pearl estivessem certas sobre a maldição dos Rocklins. As chances de afogamento em uma piscina externa no meio do inverno eram extremamente baixas.

Por outro lado, nadar em tais condições era altamente incomum. Steve mencionara mais cedo os planos de nadar na piscina externa, apesar da temperatura muito baixa. Isso indicava que ele fora até a piscina de forma voluntária. Mudanças drásticas de temperatura podiam causar um enfarto ou outro problema de saúde até mesmo nas pessoas mais saudáveis. Eu tivera dificuldades em mergulhar um dedo do pé em uma piscina interna aquecida e não conseguia imaginar exercícios que consistiam em pular na água gelada no meio do inverno.

Ainda assim, eu não conseguia afastar a suspeita de que algo acontecera. Havia algo de errado, mas eu não conseguia definir o que era.

Agora, Westwick Corners seria conhecida para sempre como o lugar onde metade dos *The Real McCoys* encontrara a morte. Apesar de Steve McCoy não ser o primeiro a morrer na nossa cidade, provavelmente seria o último. Ninguém desejaria nos visitar quando a notícia se espalhasse. Com o fluxo de turistas que tínhamos, a taxa de mortalidade era horrivelmente alta.

O negócio da família West e o negócio de turismo da cidade, construídos de forma tão difícil no decorrer dos anos, estavam condenados. Por outro lado, *reality shows* eram uma prova de que até mesmo notícias ruins causavam reconhecimento do nome e a notoriedade era melhor do que o obscurantismo.

Tyler encostou no meu ombro e acenou para um ponto a poucos metros de distância, longe dos ouvidos dos outros. Ele pigarreou. — Ruby não falou nada que fizesse sentido. Ela disse que é dona deste lugar. Desde quando, Cen? Ela nunca mencionou isso antes.

Meu rosto ficou quente enquanto eu debatia o que deveria dizer a ele. — Ahm... ela... conseguiu o lugar recentemente. Não me lembro da data exata.

— Você nunca mencionou...

Eu o interrompi com a mão erguida. — Ela só nos contou esta manhã.

Tyler ergueu as sobrancelhas com minha interrupção abrupta. — Ruby sempre diz que as finanças do hotel são apertadas. Este lugar deve ter custado uma fortuna. Com que dinheiro ela o comprou?

Mordi o lábio inferior enquanto debatia o quanto deveria revelar do projeto de Mamãe. — Mamãe disse que conseguiu um excelente acordo e que trabalhou muito para arrumar o lugar. Ela não queria nos contar porque Tia Pearl insiste que este lugar é amaldiçoado. — Tyler sabia que éramos bruxas, mas entrar nos detalhes da maldição não parecia certo. E ele não sabia de nada sobre Vovó Vi, portanto, deixei-a de fora. Viver com uma avó fantasma desafiava a lógica e Tyler tinha muito em que se concentrar no momento.

Tyler assentiu. — Quem, em sã consciência, nada em temperaturas congelantes no meio do inverno? Um afogamento acidental em uma piscina externa em fevereiro parece um pouco exagerado. Para variar, concordo com Pearl. Este lugar provavelmente é amaldiçoado.

Depois que contei que Steve mencionara que nadaria na piscina, olhei em volta em busca de Tia Pearl. Porém, ela sumira, juntamente com Mamãe. Virei-me novamente para Tyler. — Elas podem andar por aí sem supervisão?

— Claro que não. Elas devem ter ido até a piscina. — Ele acenou para que eu o seguisse.

— Você não acha que foi um acidente, acha? Steve disse a Mamãe e a mim que nadava todos os dias.

Tyler deu de ombros. — É muito cedo para determinar isso. Por que suspeita que não foi um acidente? Sabe de alguma coisa que eu não sei?

Contei resumidamente a discussão dos McCoys mais cedo e o que ouvira da conversa entre Lucky e Jason no bar. — Não sei ao certo, de verdade. Os McCoys disseram que escolheram Westwick Corners porque é fora dos destinos comuns. Disseram que a viagem era um segredo.

— Se for verdade, isso limita o grupo de suspeitos. Também reduz a quantidade de testemunhas de um assassinato, se é onde está querendo chegar — comentou Tyler.

Franzi a testa. — Estrelas como os McCoys provavelmente também têm fãs malucos, que talvez até mesmo os persigam. Mesmo que os McCoys não tenham falado nada a ninguém sobre o refúgio secreto, alguém pode tê-los seguido até Westwick Corners. Ah, e mais uma coisa. Os McCoys Reais têm uma equipe pequena aqui. Eles chegaram ao hotel esta manhã.

Tyler esfregou o queixo, pensativo. — Eles vão filmar aqui?

— Steve e Serena chamaram de férias, mas você sabe como os *reality shows* funcionam. Eles filmam e monetizam cada momento em que estão acordados. Talvez um membro ressentido da equipe tivesse problemas com Steve?

— Você já decidiu que foi um assassinato, Cen, mas está sendo precipitada. A médica legista nem chegou ainda para examinar o corpo. Por que alguém da equipe mataria metade do *reality show* que paga a eles? Se o programa tiver que parar, eles ficarão desempregados.

— E-eu... só tenho essa sensação.

Fizemos uma pausa no portão, que fora trancado novamente.

Tyler levantou a trava e abriu o portão, que era firmemente preso na lateral da casa com uma cerca viva alta no outro lado. A altura da cerca viva dava privacidade ao nadar na piscina ou tomar sol, mas também possibilitava que qualquer pessoa parada diretamente no lado de dentro ou de fora dela conseguisse ver os jardins da frente e de trás.

— Pearl a deixou muito desconfiada — disse ele ao passarmos pelo portão e vermos Mamãe e Tia Pearl paradas perto da cerca, do lado de dentro do portão da piscina. Ele apontou para elas. — Não se mexam de novo a não ser que eu diga que podem.

Mamãe acenou em um pedido de desculpas, mas Tia Pearl não respondeu. Ela oscilava sobre os pés, como se estivesse em transe, falando baixinho. Não consegui entender as palavras, apesar de estar a poucos metros de distância. Porém, eu não precisava ouvi-las, pois reconheci a cadência de um feitiço. Era tarde demais para qualquer feitiço de proteção, mas Tia Pearl provavelmente achava que valia a pena tentar. Ela repetiu o feitiço três vezes, mas as palavras não tiveram efeito.

Ela bateu o pé como uma criança tendo um ataque de birra. — Ah, pelo amor de Deus. Viu o que você fez, Ruby? Meus poderes evaporaram completamente, simples assim. — Tia Pearl estalou os dedos, mas eles não fizeram barulho. — Nem mesmo meus dedos estalam mais.

Tyler suspirou, claramente frustrado. — Cen, vamos levá-las lá para a frente. Não importa o que faça, não olhe...

Era tarde demais. Eu já me virara para olhar. Meu olhar se fixou em uma maca ao lado da piscina. Ela estava completamente coberta por um plástico, mas não havia como confundir os contornos de um corpo sob ele. Soltei uma exclamação.

Tyler passou o braço em volta dos meus ombros e virou-me. — Vamos sair da cena do crime agora para que nada seja adulterado.

Tia Pearl, saindo do transe, xingou. — Estamos arruinados! Cada um de nós!

Sussurrei para Tyler: — Tia Pearl acha que a morte de Steve é resultado de uma maldição contra a nossa família. Eu queria que houvesse uma explicação mais lógica para tirá-la dessa história de maldição. Receio que ela faça algo extremo.

— Sua explicação lógica parece ter pulado diretamente para assassinato — disse Tyler. — Pode ter sido simplesmente um acidente trágico.

— Talvez, mas você investigará todos os ângulos, certo? — Se tivesse sido um acidente, Tia Pearl colocaria a culpa na maldição. Se tivesse sido assassinato e o assassino fosse pego, haveria outra explicação para o fim trágico de Steve.

— É claro que sim. Tenho que considerar todas as possibilidades. Se foi um assassinato, e não estou dizendo que foi, provavelmente foi por motivo pessoal. Uma cidade pequena, longe de olhos curiosos. Alguém querendo se livrar de um assassinato...

Meus pensamentos voltaram para Jason. O carro dele não estava mais no Ponto do Feitiço quando parti. Ele estava furioso com Steve e Serena, e a conversa com Lucky soara suspeita. Jason estava com raiva e era arrogante, mas seria capaz de matar o pai?

— Vamos. Vamos todos sentar no Jeep enquanto esperamos a polícia e a médica legista de Shady Creek. — Tyler acenou para que todas nós o seguíssemos. Mamãe sentou no banco do passageiro dianteiro do Jeep. Eu me sentei no banco de trás depois de Tia Pearl, que já pegara o casaco de Tyler. Os dentes dela batiam enquanto ela vestia o casaco grande demais de Tyler e enfiava as mãos nos bolsos.

Tyler ligou o aquecedor na intensidade máxima e virou-se de lado no banco para olhar para Mamãe, que estava no banco do passageiro. — Ruby, comece do início. O que aconteceu?

Os dentes de Mamãe batiam enquanto ela falava. — Vim deixar algumas ideias de arranjos de flores para Serena olhar. E eu tinha outras ideias de casamento para conversar com ela. Steven e Serena estão renovando os votos, sabia? — Ela olhou atentamente para Tyler e olhou de relance para mim pelo espelho retrovisor.

Revirei os olhos ao ouvir a sugestão óbvia de casamento de Mamãe. Achei que foi inadequado, considerando as circunstâncias graves que nos reunira ali.

Tyler, parecendo não perceber a dica de Mamãe, disse: — Ok, e o que aconteceu em seguida?

— Steve me convidou para entrar. Ele disse que Serena tinha saído para fazer compras e que estava indo nadar. Ele me disse para deixar as ideias de arranjos florais na cozinha, o que fiz. Rabisquei um bilhete para Serena e desliguei a torneira quente, que estava pingando. Depois, eu saí. Mas, quando estava indo embora, lembrei-me de que também precisava confirmar o cardápio. Chamei Steve novamente. Quando ele não respondeu, fui até a piscina procurá-lo. Foi quando o encontrei. — Mamãe começou a chorar.

— Por quanto tempo ficou lá até começar a ir embora? — perguntou Tyler.

O lábio inferior de Mamãe tremeu. — Apenas uns cinco minutos. Ainda não consigo acreditar que, em um minuto, ele estava vivo e depois...

— Demora apenas um segundo para se afogar. — Tia Pearl tirou o punho fechado do bolso do casaco de Tyler. Ela abriu a mão para revelar uma caixinha de anel.

Arregalei os olhos, horrorizada. Sussurrei: — Guarde isso!

Tia Pearl sorriu. Ela colocou a mão de volta no bolso, mas tirou-a de novo. Desta vez, ela abriu a caixa para revelar um belo anel de diamante solitário. Rapidamente, ela fechou a caixa.

Fiquei atônita. Por sorte, Tyler estava concentrado em Mamãe e não percebeu o que estava acontecendo no banco de trás.

As palavras de Mamãe eram interrompidas por soluços. — E-eu fiz tudo o que podia... pulei na piscina para puxar Steve para a segurança. Agarrei o braço dele e tentei puxá-lo até a borda, mas a água estava tão gelada que minhas mãos congelaram. Tentei fazer ressuscitação cardíaca, mas, no meio da piscina, não deu certo. Tentei tudo o que pude, mas ele é um homem grande. Era simplesmente pesado demais para puxá-lo para fora da piscina.

Eu disse o óbvio: — Você poderia ter usado um feitiço.

Mamãe suspirou. — Foi a primeira coisa que tentei, mas nada aconteceu. Todos os meus poderes sumiram.

Tyler franziu a testa. — Você chamou ajuda?

— Sim — sussurrou Mamãe. — Na verdade, gritei, mas ninguém respondeu. Não vi nem ouvi mais ninguém. Eu estava completamente sozinha.

— Eu avisei você. — Tia Pearl me deu uma cotovelada nas costelas.

— Ei! — Inclinei-me para a frente, encolhendo-me de dor. Eu não fizera nada para merecer tal punição, mas, pelo jeito, era o melhor alvo depois de Mamãe que estava fora do alcance no banco da frente.

Tia Pearl me empurrou. — Acredita em mim agora, Cen? Nunca deveríamos ter colocado os pés nesta propriedade. Se formos embora agora, talvez não seja tarde demais para desfazer as ações de Ruby e conseguir nossos poderes de volta.

Quando me mexi para ficar longe de Tia Pearl, o botão da cintura da minha calça se abriu. Eu estava ganhando peso a cada minuto.

Tia Pearl deu uma risadinha. — Balofa.

Xinguei baixinho.

— Ninguém irá a lugar algum até que eu diga que pode. — Tyler pressionou o botão de trava das portas do Jeep como que para enfatizar o que dissera.

O esquema para ganhar dinheiro de Mamãe estava literalmente amaldiçoado. E, pelo jeito, eu também. Tia Pearl roubara o anel de noivado de Tyler e parecia determinada a sabotar o pedido dele. As coisas progrediam rapidamente de ruins para piores. Não tínhamos poderes como bruxas e a única coisa que crescia era minha cintura.

O que mais poderia dar errado?

CAPÍTULO 13

*D*epois que Mamãe recontou a sequência dos fatos várias vezes, Tyler pediu a ela que voltasse até a piscina com ele. Mamãe hesitou, insistindo que Tia Pearl e eu a acompanhássemos. Tyler fez com que nós duas prometêssemos não encostar em nada. Seguimos Tyler e Mamãe enquanto eles andavam pelo portão lateral que levava à área da piscina.

Nossa presença na cena de uma morte era completamente incomum, mas a estranha transformação que acontecia com Mamãe também era. A fala dela ficou incoerente e ela tropeçava ao caminhar. Tyler precisava dela como testemunha ocular enquanto os eventos ainda estavam frescos em sua mente, mas também precisava de nossa ajuda, considerando a condição cada vez pior de Mamãe.

Mamãe ficava mais e mais agitada a cada minuto, incentivada pelas acusações de Tia Pearl de ter despertado a maldição. Tentei impedir que Tia Pearl deixasse as coisas piores do que já estavam, mas ela estava determinada a obter um pedido de desculpas de Mamãe.

Tyler acenou para que Tia Pearl e eu ficássemos no portão enquanto ele andava com Mamãe em direção à piscina. Ele se virou e ergueu a mão. — Não se mexam e, por favor, não olhem para nada.

Obviamente, olhar foi a primeira coisa que fizemos assim que

Tyler virou de costas. Segui Tia Pearl. Ela estava ridícula com o casaco de Tyler que era cerca de dez vezes maior do que o tamanho dela. Ela enrolara as mangas, mas a bainha do casaco quase chegava aos seus joelhos.

O cesto de bolinhos de Mamãe estava virado perto da borda da piscina. Uma trilha de bolinhos levava até a piscina, onde pelo menos três boiavam como pequenas ilhas na água fumegante.

Tia Pearl agarrou meu pulso com força, a ponto de eu sentir dor. — Meio que faz com que você perca o apetite, não é, Cen?

— Ai! — Puxei o braço no momento em que percebi de relance um movimento ao meu lado. Estendi o braço para agarrar Tia Pearl, mas foi tarde demais. Em questão de segundos, ela estava perto da piscina.

— Volte aqui! — Mantive a voz em um sussurro alto, o suficiente para que ela escutasse.

Ela me ignorou.

Tyler e Mamãe já estavam andando em direção às portas que levavam para dentro da casa, de costas para nós. Eles conversavam de forma concentrada, sem perceber as ações de Tia Pearl.

Corri até a piscina e sussurrei alto: — Tia Pearl, fique longe da piscina!

Tyler e Mamãe ignoravam completamente a transgressão de Tia Pearl. Mamãe refazia seus passos enquanto recontava a sequência dos eventos.

Tia Pearl continuou a me ignorar ao se ajoelhar ao lado da piscina. Ela enfiou a mão na água, molhando a manga do casaco de Tyler. Dentro da mão dela, estava o anel de noivado.

— O que está fazendo? — sussurrei furiosa.

Ela se levantou, um pouco instável, e quase perdeu o equilíbrio antes de endireitar o corpo. Ela abriu a mão e colocou o anel de noivado entre o dedo indicador e o polegar. Ela o ergueu para a luz e estreitou os olhos. — Será que é de verdade?

— É claro que é de verdade. Bote-o de volta! — Corri na direção dela e agarrei sua outra mão. Puxei-a para longe da borda da piscina. — Fique longe da piscina ou eu...

— Ou você o quê, Cendrine? Você está totalmente fora do seu

elemento aqui, igual ao delegado. Estamos lidando com uma maldição fatal e seu namorado não está equipado para lidar com ela. — Ela soltou a mão que eu segurava e ajoelhou-se novamente na borda da piscina. Ela colocou o braço na água e moveu-o com a mão meio fechada para criar uma corrente que levasse os bolinhos para mais perto.

Soltei uma exclamação. — Tia Pearl! Você está perto o suficiente para cair dentro da piscina.

Como se fosse uma dica, Tia Pearl cambaleou perigosamente.

— Fique longe da piscina!

— E-eu tenho que remover nossos rastros...

— Que rastros? — Eu me aproximei, agarrei o braço esquerdo dela e puxei-a para longe. Ela caiu atrás de mim, a uma distância segura da piscina. Infelizmente, isso fez com que eu também perdesse o equilíbrio. Caí para a frente e minha mão direita mergulhou na piscina.

— Cendrine! Você contaminou a cena! — Tia Pearl já estava de pé, surpreendentemente ágil. Ela esfregou as mãos para afastar o frio.

As mãos dela estavam vazias. Não havia sinal do anel de noivado.

— Onde está o anel? Está de volta no bolso? — Eu ainda estava no chão, com dificuldade para me levantar devido ao cimento gelado e à minha cintura crescente.

Tia Pearl fungou. — Já cuidei dele. Fiz o que precisava fazer para nos salvar. Para isso, preciso remover todos os rastros para que os Rocklins não...

Soltei uma exclamação. — O anel não tem nada a ver com isso. Onde ele está?

— Ei, afastem-se daí! — Tyler se aproximou correndo, com uma expressão de frustração no rosto. Mamãe o seguiu, batendo os dentes.

Rolei para trás e imediatamente senti o cimento gelado através das roupas. Esforcei-me para sentar e sacudi a mão, que já ardia por causa do frio, para tirar água. Eu esperara mais calor de uma piscina aquecida, mesmo de uma piscina externa em um dia frio de fevereiro. Forcei meu traseiro agora dormente para fora do concreto gelado e fiquei de pé. Steve era louco de nadar naquele clima.

Tyler estendeu a mão e ajudou-me a ficar de pé. — O que aconteceu?

— Tia Pearl estava prestes a...

Ela sorriu, com os braços cruzados. — Eu disse a Cen para ficar perto do portão, mas ela não me ouviu. Ela escorregou no concreto gelado e perdeu o equilíbrio. Por sorte, eu a impedi de cair na água antes que acabasse como aquele cara. — Ela apontou para a maca.

Eu a encarei friamente.

— Não posso deixar vocês duas sozinhas por um segundo sem que aconteça uma catástrofe. — Tyler apontou para o portão. — Pearl, leve Ruby para o carro de Cen para que se aqueça. Cendrine, você vem comigo.

Segurei o braço de Tia Pearl e sussurrei: — O anel está no seu bolso, certo?

— Provavelmente.

— Pode pelo menos conferir? — Eu me senti enjoada ao pensar no anel no fundo da piscina. O anel estivera no bolso de Tyler o tempo todo? Ou Tia Pearl encontrara o anel dentro do Jeep em outro lugar? Não achei que ela faria algo tão drástico, mas também não conseguia imaginar Tyler sendo tão descuidado a ponto de deixar um anel de diamante caro no bolso do casaco.

Não havia mais nada que eu pudesse fazer ou dizer na frente de Tyler, pois eu nem deveria saber sobre o anel. Em vez disso, joguei a chave do meu carro para Tia Pearl. — Ligue o aquecedor. Há um cobertor e roupas extras no porta-malas.

Tia Pearl colocou as mãos nos quadris. — Por que Cendrine pode ficar...

— Vá — interrompeu Tyler. Ele esperou até que Tia Pearl estivesse do outro lado do portão e virou-se para mim. — O que diabos foi aquilo?

— E-eu sinto muito. Subitamente, Tia Pearl estava ao lado da piscina. Ela perdeu o equilíbrio e achei que cairia, portanto, eu a segurei. Mas quem perdeu o equilíbrio foi eu. — Olhei para o chão, constrangida. Meu traseiro deixara uma marca no cimento gelado da piscina.

Tyler esfregou a testa. — Ela arruma problemas onde vai. Eu deveria ter ficado de olho nela. Alguma coisa... não lembro o que... me distraiu. É estranho... não me sinto muito bem.

— Também não estou me sentindo muito bem. — Meus pensamentos não paravam de vagar e eu tinha dificuldade em me concentrar no presente. Tudo parecia meio enevoado, como um sonho com toques de pesadelo. Talvez, no fim das contas, a maldição fosse real.

— Ei! — Uma voz masculina soou atrás de nós.

Virei-me rapidamente e vi Lucky parado ao portão.

Andei depressa até ele e bloqueei seu caminho. — Você não pode ir mais adiante. Por que está aqui? Você deveria estar cuidando do bar no Ponto do Feitiço.

Lucky franziu a testa. — Não, você me disse para vir até aqui para tirar fotografias. Esperei no bar por mais de uma hora, Cen. Você esqueceu de me buscar.

— Essa tarefa era para amanhã, não hoje. — Não só Lucky entendera o dia e a hora errados, como eu tinha certeza de que não lhe dissera nada específico. Eu certamente não lhe dera o endereço, pois planejara buscá-lo. Eu nunca mencionara que a cerimônia aconteceria na Mansão dos Rocklins. Jason poderia ter dito isso a ele, exceto que Jason também não sabia sobre a renovação dos votos. De acordo com Steve e Serena, Mamãe e eu éramos as únicas que sabiam do segredo. — Quem está cuidando do bar?

— Pearl, acho. Tenho certeza de que você disse que era hoje.

Respirei fundo para me acalmar. Lucky não seguira a mais simples das instruções que eu lhe dera menos de uma hora antes: uma da tarde do dia seguinte no Ponto do Feitiço, a ser confirmada. Ele era realmente tão idiota ou havia alguma outra coisa acontecendo? Lembrei da conversa que ouvira entre Lucky e Jason no bar. Eu não podia ter certeza, claro, mas soara quase criminosa. A presença de Lucky era mais sinistra do que apenas um erro?

— Não, tenho certeza de que falei amanhã. Pearl ficou aqui comigo o tempo todo, portanto, você não pode ter falado com ela. Pelo menos trancou o bar antes de sair?

Lucky ficou em silêncio. Ele se virou e olhou à distância, evitando o contato visual. A expressão taciturna dele me disse que não fizera nada disso. Mamãe tinha razão. Contratá-lo fora um erro caro.

Eu disse: — Houve uma mudança de planos e não precisamos mais de um fotógrafo. — Olhei para a cerca viva que rodeava a piscina. Com metade do casal morta, era uma aposta segura dizer que a renovação dos votos não aconteceria.

— Tem certeza de que não era hoje?

Ele só queria estar certo.

— Tenho certeza, Lucky. Eu ia dar uma carona para você, lembra? Mas não importa. A cerimônia foi cancelada.

Olhei para o estacionamento, mas não havia sinal do carro de Lucky. Como ele fora até a mansão sem um carro e sem que eu lhe desse o endereço era um mistério.

Eu estava tão furiosa com Lucky que me senti tentada a lançar um feitiço nele. Um feitiço tinha o benefício adicional de provar ou não a alegação de Mamãe de que os feitiços dela tinham sumido quando tentara resgatar Steve. Mas isso parecia não ser nada ético e decidi não fazer.

Lucky olhou além de mim para a piscina. Em seguida, virou-se para olhar para os carros dos bombeiros e o Jeep de Tyler no estacionamento. Ele se virou de novo para mim e apontou para a maca. — Aquele era o cara que ia se casar? Parece que ele tem pé frio.

CAPÍTULO 14

*A*s horas seguintes viraram um borrão. Tia Pearl levou Lucky para casa no meu SUV. A médica legista e a polícia de Shady Creek chegaram logo depois. A determinação preliminar da legista foi de que a causa da morte de Steven McCoy parecia ser afogamento, mas isso ainda precisaria de confirmação. Uma autópsia confirmaria se havia água nos pulmões dele, o que indicaria que estivera vivo ao entrar na água. A forma da morte, fosse acidental, homicídio ou alguma outra coisa, ainda era desconhecida. Isso seria confirmado somente após a realização da autópsia. Determinar a forma da morte seria um tanto complexo. A presença ou ausência de outros ferimentos, bem como as provas na cena do crime, exigiriam avaliação e análise.

Dadas as circunstâncias incomuns, os peritos em cena de crime de Shady Creek tinham sido chamados e trabalhavam na cena, uma operação de coleta de provas para descartar ou confirmar um assassinato. A morte de Steve fora um acidente trágico, um assassinato ou havia outra causa, como a maldição dos Rocklins?

Fiquei parada perto do portão da piscina, tremendo por causa do meu traseiro congelado e dolorido. Observei ansiosamente à distância. Eu tinha uma esperança leve de que, se o anel de noivado tivesse caído na piscina, a polícia certamente o encontraria. A alternativa de que ele estivesse perdido para sempre também era uma possibilidade. A ideia me encheu de pesar. Respirei fundo o ar frígido e tentei me acalmar enquanto esperava que Tyler terminasse de falar com os peritos de Shady Creek. Eles pareciam estar embalando tudo sem nenhum momento de "ahá, encontramos um anel de diamante". A legista já removera o corpo de Steve, que estava a caminho de Shady Creek para autópsia.

Eu não estava convencida de que a morte de Steve fora um acidente. Eu também não acreditava na maldição dos Rocklins. Cada um desses resultados parecia errado, mas, com os pensamentos ainda confusos, eu não conseguia descobrir por que pensava assim. Eu ainda não estava pronta para dividir minhas preocupações com Tyler.

Além da peculiaridade óbvia de Steve querer nadar na piscina externa em um dia gelado de fevereiro, havia outras coisas que me incomodavam. O pátio ainda estava coberto com uma fina camada de gelo da noite anterior. A marca do meu traseiro ainda estava visível no cimento, bem como as pegadas da polícia, que estavam confinadas a um caminho claramente marcado. Percebi que, antes da chegada dos policiais, não houvera outras pegadas em volta da piscina... incluindo as que poderiam ter sido feitas por Steve. As únicas pegadas visíveis eram as de Mamãe, que eram óbvias por causa dos pés pequenos e das marcas distintas da sola dos tamancos dela.

Steve estava em boa forma, mas ainda era um homem grande, pesado o suficiente para ter deixado pegadas no concreto coberto de gelo. As marcas dele deveriam ter permanecido visíveis por horas. Mamãe e eu tínhamos conversado com ele dentro da casa algumas horas antes. Depois, Mamãe o vira novamente, apenas minutos antes de encontrá-lo boiando na piscina. Se ele não andara até a piscina, como chegara lá?

Alguém poderia tê-lo carregado até lá. Isso parecia improvável, pois seriam necessários dois homens fortes para carregá-lo. Além do mais, de acordo com Mamãe, ela não vira nem ouvira ninguém mais na casa.

A porta de trás estivera fechada, mas não trancada. Porém, uma busca cuidadosa na mansão pela polícia de Shady Creek não encontrara mais ninguém na casa. Jason discutira com Steve. Quanto tempo antes Jason saíra do estacionamento do Ponto do Feitiço antes que eu percebesse que seu carro não estava mais lá? A partida de Jason perto da hora da morte de Steve levantava a possibilidade de que ele poderia estar envolvido. Onde Jason fora depois de sair do Ponto do Feitiço? Os únicos lugares abertos eram o armazém geral, uma loja de roupas femininas e uma cafeteria, locais que provavelmente não atrairiam um cara como Jason. Ou talvez ele apenas saíra para dar uma volta de carro. Em qualquer um dos casos, ele não tinha um álibi.

Lembrei-me novamente da estranha conversa de Jason com Lucky. Ele dissera a Lucky onde Steve e Serena estavam hospedados? Se sim, por que revelara o local secreto dos McCoys para um estranho? A alegação de Lucky de ter confundido as datas soava fingida. Fora uma mentira inventada rapidamente para explicar sua presença na mansão... e na cena do crime? Lucky também não tinha álibi e, o mais importante, nenhum motivo para estar lá.

Meus pensamentos foram interrompidos por pneus no cascalho. Virei-me e vi um SUV Mercedes branco subindo o caminho e, em seguida, desaparecendo de vista ao entrar no caminho circular em frente à casa.

Andei até Tyler e encostei no braço dele para alertá-lo. Sussurrei:
— Serena McCoy, a esposa de Steve, acabou de chegar.

CAPÍTULO 15

Serena saiu do banco de trás do Mercedes. Ela percorreu o caminho até onde Tyler e eu esperávamos, do lado de fora do portão para a piscina. Ela trocara o traje casual de antes por uma calça *jeans* de grife e botas de couro. Um suéter branco aparecia sob um casaco de pele que ia até os tornozelos. Ela estava sempre perfeitamente arrumada, com ou sem câmera, mas isso estava prestes a desmoronar.

Ela acenou com a mão para os veículos da polícia e do corpo de bombeiros estacionados na frente da casa, com uma expressão confusa no rosto. — O que está acontecendo? Por que todos esses carros estão aqui?

— Esta é Serena McCoy, Tyler. — Pareceu algo idiota apresentar uma celebridade famosa mundialmente. Todos sabiam quem era Serena, incluindo Tyler. Ela não precisava de apresentações.

Tyler pigarreou. — Sra. McCoy, receio que eu tenha más notícias.

Serena se virou para ver se havia algo ausente. Não vendo nada óbvio, ela cruzou os braços e xingou baixinho. — O que foi que Jason fez desta vez? Aquele garoto é tão arrogante. Pagarei para consertar o que ele fez, mas não conte a...

— Não foi Jason, senhora. — Tyler manteve a voz neutra. — Vamos entrar e explicarei tudo.

Serena assentiu. — Steve já sabe?

— É sobre isso que preciso falar com você, sra. McCoy. — Tyler segurou o braço dela. — Houve um acidente. Seu marido faleceu.

* * *

HORAS MAIS TARDE, depois de uma ida rápida até em casa para colocar roupas secas, Mamãe e eu voltamos à Mansão dos Rocklins. De acordo com Tyler, Serena insistira na nossa presença.

Por solicitação de Tyler, a polícia de Shady Creek examinara a propriedade, coletara provas relevantes e liberara a casa. Como único representante da lei na cidade, Tyler dependia muito dos recursos forenses e de investigação da cidade maior. Porém, a investigação propriamente dita e suas conclusões eram, no fim das contas, responsabilidade de Tyler.

Como a chegada dos McCoys fora muito recente, não houvera muito a examinar, de acordo com a polícia de Shady Creek na cena. Ainda assim, parecia que o fim das atividades fora incrivelmente rápido para o que era uma morte incomum, não importava a causa. A polícia fora apressada ou pressionada por ser a morte de alguém famoso? Fosse qual fosse o motivo, isso não inspirava muita confiança.

Mamãe e eu entramos na mansão e paramos à porta da sala de estar. A sala elegante e espaçosa agora parecia cavernosa e fria, apesar do fogo que Abby, a assistente de Serena, acendera na lareira.

Tyler acenou para que nos sentássemos ao lado dele em um dos dois sofás enormes. Mamãe se sentou ao lado de Tyler e eu ao lado dela. Serena e Abby estavam sentadas à nossa frente em um sofá igual. No meio, havia uma mesinha de centro quadrada de mogno enorme, entalhada com o mesmo motivo de rosas e folhas que a lareira e outros detalhes de madeira na casa.

O braço de Abby estava em volta dos ombros de Serena de forma protetora, como uma amiga que dava apoio, em vez da funcionária

que era. O rosto coberto de lágrimas de Serena estava muito vermelho. Ela balançava para frente e para trás, olhando para o colo,
evitando contato visual e parecendo totalmente arrasada. Segurei o
braço de veludo do sofá, sentindo-me constrangida e desejando estar
em outro lugar.

O clima amigável de nossa reunião inicial evaporara, substituído
por um clima triste e contraditório. Era altamente incomum que
Mamãe e eu estivéssemos presentes enquanto Tyler dava a má notícia
para a esposa de uma vítima, mas Serena insistira na nossa presença.
Como poderíamos recusar? Estremeci ao pensar nas manchetes que
provavelmente seriam escritas sobre "até que a morte nos separe" da
cerimônia de renovação de votos. Isso quase certamente entraria no
programa, pois a morte de Steve não poderia ficar inexplicada ou não
reconhecida. Afinal de contas, era um *reality show* e uma das duas
estrelas subitamente estava morta. A história dele seria contada, de
um jeito ou de outro. Não vi a equipe deles, mas eu ainda me sentia
tensa. Havia câmeras escondidas gravando tudo? Talvez eu apenas
estivesse paranoica.

Tyler concordara relutantemente com a solicitação de Serena para
que estivéssemos presentes. Ele nos deu instruções rigorosas de não
comentar nem responder a nenhuma pergunta. Nosso trabalho era
ficarmos quietas. Portanto, fizemos o possível para manter o silêncio
sentadas no sofá. Torci para que nossa cooperação mantivesse Mamãe
e Westwick Corners em geral afastadas de qualquer culpa ou processo
judicial.

Serena estava encolhida no sofá à nossa frente, com uma
expressão atordoada no rosto molhado de lágrimas. — Não, não,
não! Ele não pode estar... — Ela chorou e enterrou a cabeça nas
mãos.

— Serena ainda não está em condições de falar — disse Abby. —
Podemos reagendar para mais tarde?

Tyler balançou a cabeça negativamente. — Não, precisa ser agora.

Os olhos de Abby brilharam com raiva ao ter seu pedido negado.

Tyler olhou para Serena, que assentiu tristemente.

Serena disse: — Quero que Abby fique. Ela é minha assistente e confidente. Qualquer coisa que eu saiba, ela sabe. Conto tudo a ela. Diga-me de novo o que aconteceu.

Tyler respirou fundo. — Ruby veio trazer algumas amostras de arranjos de flores. Steven disse a ela para deixá-las na cozinha. Mas, quando ela o chamou um momento depois e não teve resposta, encontrou-o inerte na piscina.

— Ainda não consigo acreditar que ele tenha se afogado. É um acidente trágico e terrível! — Abby balançou a cabeça.

— Parece ser afogamento, mas não podemos dizer com certeza ainda — disse Tyler. — A médica legista confirmará quando realizar a autópsia.

— Eu sinto tanto, Serena. Se houver algo mais que possamos fazer... — A voz de Mamãe morreu.

Bati de leve na mão de Mamãe e sussurrei: — Não devemos falar, lembra?

Mamãe segurou minha mão de volta e não disse mais nada.

Abby se levantou e virou-se para Serena. — Vou telefonar para o publicitário e o agente. Temos que ficar um passo à frente disto. — Ela notou a expressão confusa de Mamãe e acrescentou: — Controle de danos, antes que os tabloides criem a própria versão dos eventos. Por favor, não digam uma palavra sobre isso a ninguém.

Os tabloides seriam tão implacáveis a ponto de serem sensacionalistas sobre uma morte trágica? Aquela foi a primeira coisa que cruzou minha mente. A segunda foi a maldição dos Rocklins. Quais eram as chances de uma tragédia atingir os primeiros hóspedes da mansão?

Abby já estava no telefone tomando providências quando a porta da frente se abriu.

— Olhem quem encontrei andando pela casa. — O homem alto e musculoso parado à porta era o mesmo que estivera presente no *check-in* da equipe no hotel. Ao lado dele, estava Tia Pearl, parecendo pequena e magra em comparação a ele.

A expressão culpada dela me deixou imediatamente desconfiada. Ela tinha medo da maldição, mas voltara à mansão mesmo assim. Ela certamente estava aprontando alguma coisa, mas o que exatamente era um mistério.

Mamãe deu um salto do sofá. — Pearl! Você deveria estar de volta ao hotel.

— Vim buscar vocês duas antes que seja tarde demais. — Ela mudou o peso do corpo de um pé para o outro, inquieta.

Tyler se virou e lançou um olhar interrogativo a ela. — Tarde demais para o quê?

Ninguém respondeu. Tia Pearl se concentrou em Mamãe e eu me concentrei no homem na porta. Agora eu me lembrava de onde o vira antes. Ele aparecera em alguns episódios dos McCoys Reais em papéis silenciosos. A altura e os olhos penetrantes faziam com que fosse difícil esquecê-lo.

Serena pigarreou. — Esse é Danny Nastasio, meu motorista. Ele estava comigo e com Abby quando saí para fazer compras mais cedo.

Danny nos cumprimentou com um aceno da cabeça. Ele se aproximou e parou perto do sofá, ao lado de Serena.

— Vocês três estavam juntos o tempo todo? — perguntou Tyler.

Serena assentiu. — Danny ficou no carro enquanto fazíamos compras, mas estava estacionado bem na frente e esperou lá o tempo todo. Ficamos lá umas duas horas, certo, Abby?

Abby colocou a mão sobre o telefone. — Isso mesmo. Bunny disse que éramos os únicos clientes de hoje até então, portanto, tenho certeza de que se lembrará de nós.

— Espero que sim. Aquela mulher é um pouco esquecida e confusa — comentou Serena. — Ela me cobrou apenas a metade e depois devolveu troco em excesso. Só comprei uma roupa porque fiquei com pena dela. As roupas da loja dela estão defasadas uns dez anos. Não é surpresa o negócio dela estar perdendo dinheiro. Ela provavelmente deveria vender o lugar e aposentar-se.

Meu vestido era da loja de Bunny. A maior parte do estoque já passara da época, sim, mas meu vestido era um estilo clássico, um tesouro. Subitamente, duvidei de mim mesma. O belo vestido que era justo demais para passar pelo meu traseiro estava fora de moda?

Pearl permaneceu na porta. — Olhe só o que você fez, Ruby.

O lábio congelado de Mamãe tremeu e ela parecia prestes a cair em lágrimas.

— Quem é você e por que ainda está aqui? — perguntou Serena.

— Esta é Pearl West, minha tia. Ela veio aqui porque somos necessárias no hotel Westwick Corners. Se não se importa, vamos voltar. — Torci para que minha mentira nos desse uma desculpa para deixar que Tyler conduzisse um interrogatório adequado. Eu também estava preocupada com a equipe de Serena no hotel. Lucky estava sumido, Tia Pearl estava ali comigo e com Mamãe. Isso deixava Vovó Vi totalmente sozinha. E, o mais importante, deixava nossos hóspedes sem assistência.

Tyler disse: — Ruby, você vai com Pearl. Eu levarei Cen para casa mais tarde. Ela vai fazer anotações para mim.

Olhei para Serena para ver se ela objetaria. Ela deu de ombros de forma indiferente.

Peguei minha caneta e meu caderno e abri em uma página em branco. Com sorte, eu poderia usar algumas das minhas anotações para uma matéria, mas teria que perguntar a Tyler primeiro. Matérias de tabloides não eram o meu forte, mas aquela história parecia que se transformaria em um grande furo. Votos secretos e acidentes sinistros em uma pequena cidade feita para quem gostava de suspenses.

Serena quase certamente encontraria uma forma de aquilo entrar em seu programa. Depois que ela fizesse isso, eu estaria livre para publicar uma reportagem. Eu não assinara nenhum acordo de confidencialidade nem pretendia assinar. As coisas tinham acabado de ficar muito mais interessantes.

— O que diabos é isto tudo? — Jason McCoy estava na entrada da sala de estar, com a porta da frente totalmente aberta atrás dele.

Serena secou os olhos com um lenço de papel. — Jason, tenho uma coisa a lhe dizer. Sente-se.

Ele a encarou desconfiado. — Por quê? Onde está o papai?

Serena se virou para Tyler. — Você conta a ele. Não tenho forças para isso.

CAPÍTULO 16

*D*epois de Tyler contar a má notícia para Jason, ele pediu a Jason que dissesse onde estivera nas horas anteriores.

— Fui ao Ponto do Feitiço para beber alguma coisa. O barman se lembrará de mim, pois deixei uma gorjeta muito boa. — Jason estava de pé na frente da lareira, mudando o peso do corpo de um pé para o outro.

— Aonde foi depois disso? — perguntou Tyler.

— Vim diretamente para cá. Acabamos? — Ele olhou para o corredor como se estivesse planejando fugir.

Lembrei-me de que o Porsche de Jason não estivera estacionado do lado de fora do Ponto do Feitiço quando saí do hotel. E ele não era exatamente um motorista lento. Era quase certo que estava mentindo.

— Alguém pode confirmar isso? — perguntou Tyler.

Jason olhou para mim antes de dizer: — O barman.

— Quem estava cuidando do bar?

Jason deu de ombros. — Não sei o nome dele, mas tenho certeza de que você é esperto o suficiente para descobrir. Estarei no andar de cima. — Ele passou por nós e foi para o corredor sem dizer mais nada.

Depois que ele saiu, Serena disse: — Jason discutiu com Steve esta manhã. Ruby e Cendrine também estavam aqui e testemunharam tudo. Ele saiu furioso, pois nós nos recusamos a lhe dar mais dinheiro. Ele nunca trabalhou por nada na vida. Steve pagou o carro esportivo caro dele e estivemos financiando também seu vício em drogas. Finalmente nós o tiramos do programa por causa do vício.

— Acha que Jason machucaria Steve? — perguntou Tyler.

— O quê? Não! Claro que não. — Serena fungou. — Jason é um garoto rico mimado. Ele é malcriado e está sempre pedindo dinheiro, mas matar Steve? É como matar a galinha dos ovos de ouro.

— Steve tinha algum inimigo sobre o qual você tenha conhecimento? Alguém que queria machucá-lo? — Tyler estudou Serena atentamente.

— E-eu acho que não. Pelo menos, não o suficiente para matá-lo — respondeu Serena. — Achei que você tinha dito que foi um acidente.

Tyler balançou a cabeça negativamente. — Eu nunca disse isso. A conclusão preliminar do motivo da morte é afogamento, mas como isso aconteceu exatamente ainda precisa ser confirmado pela médica legista.

Abby interrompeu. — O que significa que foi um acidente.

— É cedo demais para dizer — retrucou Tyler. O telefone dele tocou. Ele ouviu e resmungou algumas palavras em resposta. Em seguida, guardou novamente o telefone no bolso com uma expressão perturbada no rosto.

— Está tudo bem? — perguntou Abby.

Tyler se levantou e acenou para que eu o seguisse. — Não vão a lugar algum sem falar comigo antes. Entrarei em contato à tarde.

CAPÍTULO 17

Tyler se juntara a nós para um jantar tardio no hotel. Comemos na cozinha, depois de algumas horas preparando e servindo o jantar aos nossos hóspedes na sala de jantar. Depois de comermos e limparmos tudo, era mais de 8 horas da noite. Mamãe e Tia Pearl já tinham ido para o Ponto do Feitiço para cuidar do bar e servir bebidas.

Ao andarmos pela curta distância até o bar, passamos pelo Porsche de Jason, que estava estacionado de ré em uma vaga perto da saída, pronto para uma fuga rápida. Havia outros veículos no estacionamento, incluindo o Mercedes branco de Serena.

Entramos no bar e vimos que estava cheio com uma equipe meio bêbada. Serena e companhia também estavam presentes. Por sorte, eles tinham atendido à solicitação de Tyler para não deixarem a cidade.

Abby estava sobre o palco, que normalmente era usado para música ao vivo e contava a todos sobre a morte trágica de Steve. Não havia muito a dizer, pelo menos, não oficialmente.

Eu estivera esperando ansiosamente para que Tyler me contasse a notícia mais recente da médica legista. Nós nos sentamos a uma mesa pequena em um canto quieto do bar, longe das outras mesas.

Ninguém conseguiria ouvir nossa conversa e, de onde estávamos, poderíamos ver qualquer um que se aproximasse.

— Assim é muito melhor — disse Tyler. — Tem barulho suficiente para que ninguém escute nossa conversa.

Mamãe, ajudando Tia Pearl atrás do bar, nos viu e sorriu. Tyler acenou para que ela se aproximasse e virou-se novamente para mim. — A médica legista me disse que não encontrou água nos pulmões de Steve, indicando que ele não se afogou. Vítimas de afogamento têm água nos pulmões. Elas morrem por asfixia quando o ar nos pulmões é substituído por água. Elas sufocam porque não conseguem respirar.

Soltei uma exclamação. — Steve já estava morto quando entrou na água?

Tyler assentiu. — Steve morreu por um trauma de força contundente. Ele foi atingido na cabeça ou caiu e bateu a cabeça. Mas não acho que ele tenha caído perto da piscina. O tamanho e o local do ferimento tornam isso improvável. A médica legista acredita que ele foi atingido no lado da cabeça com um objeto grande, uma arma de algum tipo.

— Ela acha que foi assassinato? — sussurrei.

— Ela não chegou tão longe. Ela classificou como causa indeterminada da morte devido a um trauma de força contundente na cabeça. É até onde ela irá, pois nenhuma arma do assassinato foi encontrada nem havia sinais óbvios de luta. Ela não pode dizer com certeza se foi homicídio, a não ser que mais provas apontem para isso. As opções dela eram acidental, homicídio, causas naturais, como um ataque do coração ou um AVC, suicídio ou indeterminada.

— É isso então? Fim da investigação? — Tomei um gole do refrigerante *diet* enquanto meu estômago roncava.

— Eu não disse isso. Ainda tenho que verificar o álibi e os possíveis motivos de todos. Mas a janela de tempo pequena elimina quase todos, caso Ruby tenha encontrado Steve apenas alguns minutos antes da morte dele.

Mamãe estava parada ao meu lado e ouvindo em silêncio. Ela puxou uma cadeira e sentou-se. — Acha que Steve foi assassinado?

— É apenas uma das muitas possibilidades, mas não podemos descartá-la — respondeu Tyler.

Mamãe respirou fundo. — Acho que não deixei isso claro antes, mas, ahm... eu não vi realmente Steve. Só o ouvi. Bati algumas vezes até que ele me disse para entrar e deixar as amostras de arranjos de flores sobre o balcão da cozinha, o que fiz. Quando eu estava indo embora, lembrei-me de que tinha algumas perguntas sobre o cardápio que não poderiam esperar. Parecia uma bobagem ficar gritando de um lado para o outro, portanto, fui até a piscina porque sabia que ele estava nadando. Não entendo como ele podia estar vivo em um momento e morto no momento seguinte.

— Tem certeza de que era com Steve que estava falando? — perguntei. — Você reconheceu a voz dele?

— Achei que era ele, sim. Eu só o encontrei uma vez na vida real, mas assisto àquele programa há anos. Tenho certeza de que era a voz dele. Por outro lado, eu não estava esperando que alguém fingisse ser ele, portanto, não pensei muito no assunto. — Mamãe arregalou os olhos. — Você acha que havia mais alguém lá?

Tyler colocou a mão sobre a de Ruby. — Ainda não sei, mas vou descobrir.

Mamãe se virou para mim. — Cen, não diga uma palavra sobre isso a Pearl. Ela fará algo drástico se, no fim das contas, a voz que ouvi não era de Steve. Ela culpará a maldição.

— Nem uma palavra sua a ninguém, Ruby — disse Tyler.

Eu assenti. — Poderia ter sido Jason falando com você, Mamãe? O carro dele não estava mais no estacionamento do Ponto do Feitiço quando você telefonou. Ele soa um pouco como Steve. Ele pode ter mentido sobre onde estava. O carro dele ainda estava no Ponto do Feitiço quando você saiu?

Mamãe franziu a testa. — Acho que não estava lá quando saí. Não me lembro de tê-lo visto, mas eu estava tão concentrada em levar as amostras de flores para os McCoys que não estava prestando muita atenção.

— Quem mais tinha acesso à casa? — perguntei. — Quanto mais

pessoas pudermos eliminar, mais fácil será descobrir. Danny, o motorista de Serena, provavelmente também tinha acesso à casa.

Mamãe balançou a cabeça negativamente. — Dei a eles dois conjuntos de chaves, mas Danny levou Serena e Abby às compras, lembra? Eles provavelmente levaram um dos conjuntos de chaves. Eles estavam na loja de Bunny. Você já falou com Bunny?

Tyler assentiu. — Ela confirmou tudo. Eu queria que houvesse algo mais do que testemunhas oculares. Elas frequentemente não são confiáveis e não quero descartar ninguém ainda.

— Eu sou uma suspeita? — Mamãe arregalou os olhos.

— Em teoria, sim. No entanto, Steve era muitos centímetros mais alto que você. A não ser que você estivesse em uma escada, um degrau ou algo assim, não é alta o suficiente para atingi-lo na cabeça. E foi um golpe forte, dado por uma pessoa razoavelmente forte.

— Acha que sou baixa e fraca?

Era difícil dizer se Mamãe estava falando sério ou apenas implicando com Tyler.

Pelo jeito, Tyler também não sabia dizer. — É claro que não, Ruby. Você é uma das pessoas mais fortes que conheço. Não descartei totalmente ninguém ainda, incluindo você. Mas, considerando as provas até o momento, estou olhando em outra direção.

— Falando em outras direções, é melhor eu voltar para o Hotel e verificar se Pearl limpou todos os quartos enquanto nossos hóspedes ainda estão aqui no bar. — Mamãe deslizou a cadeira para trás e levantou-se devagar. — Foi um longo dia.

Depois que Mamãe se afastou, Tyler se inclinou, ficando mais perto de mim. — Vamos falar sobre motivos. O cônjuge é o assassino em pelo menos oitenta por cento das vezes. Descobri que Steve e Serena fizeram seguros de vida grandes há alguns meses, tendo um ao outro como beneficiário. Um escorregão e uma queda fatal resultando em morte acidental dobram o valor.

Eu estava em dúvida. — Eles são muito ricos por causa do programa, portanto, não precisam do dinheiro. E, sem Steve, não há mais o programa Os McCoys Reais. Financeiramente, isso não faz sentido. Além disso, eles pareciam muito apaixonados.

— Você deve estar brincando, Cen. Eles viviam se bicando em todos os episódios.

— Você assistiu ao programa?

— Todos assistiram. Eu queria poder não ter visto. É absurdamente ridículo.

— É apenas a vida sendo exagerada. O choque é o que o torna popular com todos. Na vida real, eles são muito fofos e com o pé no chão — disse eu.

Tyler riu — Você está tão impressionada com o status de celebridade deles que não está vendo as coisas de forma objetiva. Eu nunca trataria você como eles se tratavam na TV, mesmo que fosse apenas encenação.

— É só pelo sucesso. — Eu suspirei. — Isso torna, ou tornaria, a cerimônia de renovação dos votos ainda mais romântica.

— Acha que isso é romântico? Espere até amanhã à noite. — Tyler estendeu o braço sobre a mesa e pegou minha mão. — Vou surpreender você.

— Mal posso esperar. — Na verdade, eu estava com medo. Muito medo de que Tia Pearl não encontrasse o anel de noivado a tempo de recolocá-lo no bolso de Tyler. Anéis de diamante eram caros, mas nosso relacionamento não tinha preço e eu não aguentaria estragá-lo.

CAPÍTULO 18

*E*sperei perto do bar enquanto Tia Pearl enchia novamente nossos copos. — Alguma sorte em encontrar o anel, Tia Pearl?

— Livre-se dessas pessoas e talvez eu tenha tempo para procurar. — Ela bateu os copos sobre o bar com tanta força que eles derramaram.

— É muito bom que o encontre. E é melhor que não interfira na investigação.

Tia Pearl esfregou uma mancha imaginária sobre o bar. — Não me ameace, Cendrine. Farei o possível quando estiver bem e pronta. A ganância de Ruby causou tudo isso. Fale com ela. Talvez não seja tarde demais para reverter a maldição.

Eu não tinha uma boa resposta, portanto, peguei os dois copos e carreguei-os de volta para nossa mesa. — Continuo voltando para Jason — disse eu a Tyler. Expliquei a discrepância de tempo entre a história de Jason e o carro dele que não estava no hotel quando saí para a Mansão Rocklin.

Tyler assentiu. — Jason tem vários motivos, mas por que deixaria Serena, sua madrasta, viva? Ele supostamente teria herdado tudo se os dois morressem. Em vez disso, ela fica com tudo.

— Isso seria verdade se tivesse sido premeditado — comentei. — Talvez ele tenha matado o pai em um acesso de raiva.

Passamos a hora e meia seguinte repassando todos os detalhes. A alegação de Serena e de Abby de estarem fazendo compras no momento da morte de Steve fora confirmada, dando a elas um álibi. Serena e Abby tinham feito compras na loja de Bunny, enquanto Danny esperara do lado de fora da loja à plena vista das duas mulheres e de Bunny, a dona da loja, que atestara a presença dos três.

— Todos eles confirmam o álibi uns dos outros, mas você acredita na história deles? — perguntei.

Tyler deu de ombros. — Não importa no que acredito se o álibi é confirmado. Bunny confirmou tudo, mas ainda preciso verificar as câmeras. — Por sorte, a loja de Bunny ficava na Rua Principal e algumas das lojas tinham câmeras de segurança. Os vídeos corroborariam ou negariam a declaração deles. Era apenas uma questão de tempo até a análise dos vídeos das câmeras.

— A confirmação de Bunny não é tão confiável, pois a memória dela não é mais muito boa. — Bunny estava nos estágios iniciais de demência. Ela ainda cuidava da loja que amava, mas com horário limitado e muita ajuda. Amigos confiáveis paravam lá para tomar um café e conversar um pouco, mas ela vendia muito pouco. Bunny poderia fechar a loja e aposentar-se, mas não fazia isso porque amava o lugar. Dava a ela uma sensação de propósito.

— Isso é verdade — comentou Tyler. — Telefonei para Gertie para confirmar, mas ela está em um cruzeiro para o Caribe. Ninguém mais podia cobrir o turno dela, portanto, Bunny estava trabalhando sozinha na loja. — Gertie normalmente ajudava Bunny durante a semana. Ela ficaria arrasada quando voltasse do cruzeiro e descobrisse tudo o que perdeu.

Tyler disse: — A médica legista determinou a hora da morte de Steve como até uma hora antes da descoberta de Ruby. Isso foi baseado no conteúdo do estômago dele. Obviamente, já sabíamos disso, mas valida a declaração dos fatos de acordo com Ruby. É uma janela de tempo tão pequena que é difícil imaginar alguém cometendo o assassinato sem deixar rastros. Você e Ruby viram Steve e Serena por volta de 10 horas da manhã. Logo depois que Serena, Abby e Danny saíram para ir às compras, Ruby volta e fala com alguém que soava exatamente como Steve perto de 11h30. Momentos depois, Ruby descobre Steve morto na piscina.

— É uma janela de tempo muito pequena para um número igualmente pequeno de pessoas com os meios e a oportunidade de matá-lo — concordei.

Tyler assentiu. — Deverá ser fácil descobrir.

— Pode haver outra explicação. Talvez alguém os tenha seguido até aqui?

— Como um perseguidor? — perguntou Tyler.

— Possivelmente. Porém, parece ser mais pessoal do que aleatório. Supondo que realmente seja um assassinato, e não apenas um acidente trágico.

Tyler assentiu. — Vamos olhar por outro ângulo. Precisamos descartar morte acidental. Ruby fez um excelente trabalho de renovação, mas a Mansão Rocklin é velha e cheia de perigos. Algumas das pedras dos caminhos são irregulares e o pátio é muito escorregadio ao andar de pés descalços porque está coberto de gelo. O frio seria doloroso. Por que alguém andaria descalço em um pátio de cimento congelado em temperaturas abaixo de zero?

— Steve usava chinelos de dedo quando o vimos mais cedo. Tenho certeza disso. Ele se esqueceu dos chinelos ao ir para o lado de fora?

Tyler balançou a cabeça negativamente. — Ruby não viu os chinelos dele perto da piscina, e a polícia de Shady Creek não os encontrou nem dentro nem fora da casa.

— A distância da porta até a beira da piscina é de pelo menos seis metros — disse eu. — Steve teria que andar para chegar à piscina. Com ou sem sapatos, ele não deixou pegadas. O pátio estava coberto de gelo, portanto, por que não há pegadas deixadas por ele ao andar até a piscina? — Lembrei-me da marca do meu traseiro por causa da queda mais cedo. Meu traseiro certamente deixara uma marca, então por que não havia pegadas de Steve? Um homem que tinha praticamente o dobro do meu tamanho não poderia ter andado na superfície congelada sem deixar marcas.

Tyler esfregou o queixo, pensativo. — Você tem razão sobre isso. Nenhuma pegada da porta do pátio até a piscina. Nem nada mais. Nenhum rastro de rodas, caso ele tenha sido movido para lá. Ele é um homem grande, portanto, duvido que uma pessoa sozinha conseguisse carregá-lo sem ajuda. A temperatura ficou abaixo de zero o dia todo, portanto, o gelo não poderia ter derretido e congelado de novo.

— E é possível ter um acidente sem mexer em nada em volta da piscina? Nenhum sinal de escorregão e queda? Acho que não. A ausência de coisas que deveriam estar lá não indicaria algum tipo de jogo sujo?

Ficamos em silêncio por alguns minutos, rodeados pelo barulho crescente de vozes à medida que alguns clientes ficavam bêbados.

— Boa pergunta, Cen — disse Tyler. — Digamos por enquanto que seja assassinato. Serena insistiu que ninguém além da equipe e do elenco sabia que os McCoys estavam na cidade. Porém, alguém local pode ter ficado curioso o suficiente para bisbilhotar. Talvez tenha visto sinais de atividade na mansão e invadiu a propriedade. A pessoa foi surpreendida por Steve e as coisas ficaram feias.

Eu estava cética. — A maioria das pessoas acha que a Mansão Rocklin é assombrada e tem medo até mesmo de passar perto dela, quem dirá invadir a propriedade. Se a pessoa estivesse curiosa, o portão de segurança e a cerca a teria detido. Não vi sinais de entrada forçada.

Tyler suspirou. — Um intruso poderia ter passado por cima da cerca, até mesmo sobre aquelas estacas altas. A invasão teria sido capturada pelas câmeras de segurança, claro, e por isso estou torcendo para que estejam funcionando. As câmeras cobrem a maior parte da propriedade, mas há alguns pontos cegos. Estou no processo de verificar os vídeos.

— Meu instinto me diz que é pessoal — comentei. — O assassino sabia que Steve estava na mansão e tinha acesso a ela. — As pessoas matavam para ganho pessoal. Assassinos contratados faziam isso por dinheiro. Porém, como eram contratados por alguém, acabava sendo pessoal de alguma forma. Amigos, familiares e colegas de trabalho frequentemente tinham vários motivos. Dinheiro e poder, ego, segredos, ciúmes e medo motivavam pessoas normais a cometer os crimes mais hediondos. Provavelmente havia algumas pessoas com um alvo nas costas de Steve McCoy.

Tyler assentiu. — Dificilmente alguém teria acesso à mansão e, portanto, a uma oportunidade para matar Steve. Serena, Jason, Abby, Danny, o motorista. E sua mãe.

— Mamãe não mataria um de seus clientes.

Ele ergueu a mão em protesto. — Eu sei que ela não é uma assassina e não é fisicamente capaz de matar alguém com o dobro de seu tamanho. Por outro lado, ela foi a última pessoa a vê-lo vivo. Também tenho um relacionamento pessoal próximo com a sua mãe e preciso ser objetivo. Preciso de provas para descartá-la definitivamente.

Tyler tinha razão. Ele era, eu esperava, o futuro genro de Mamãe. Torci para que o anel de noivado tivesse de alguma forma voltado para o bolso do casaco de Tyler. Naquele momento, ele usava um casaco diferente. E, mais cedo, também usara outro casaco. Talvez ainda não tivesse percebido que o anel não estava no casaco no banco de trás do Jeep.

— Ainda acho que Jason está escondendo alguma coisa. Ele brigou com Steve e Serena por causa de dinheiro e foi recentemente demitido do programa. Ele ainda depende financeiramente de Steve e Serena. Ele tem problemas com drogas, o que o deixa desesperado e disposto a ir longe para conseguir dinheiro. Eles poderiam ter brigado fisicamente, Steve escorregou e teve uma queda fatal. Depois, Jason mudou sua história para se dar um álibi e limpou tudo em volta da piscina. Isso poderia explicar a falta de pegadas. — Mencionei a conversa entre Jason e Lucky. — Não ouvi nada específico além da menção a dinheiro, mas soou muito suspeito.

Foi como se Tyler não tivesse ouvido uma palavra sequer. — De qualquer forma, não há provas. Não há sangue nem arma do crime. A médica legista acha que é possível que ele tenha sido atingido primeiro com um objeto contundente e ficado inconsciente. Porém, disse que não pode declarar que ele foi atingido a não ser que haja provas concretas de que isso aconteceu. Preciso que ela mude a causa da morte, que agora é indeterminada, Cen. Caso contrário, o promotor nunca acusará ninguém.

— Talvez a equipe forense não tenha procurado o suficiente a arma do crime — disse eu. — Um assassino semidecente não teria levado a arma consigo? Quem fez isso foi esperto o suficiente para cobrir todos os rastros no gelo.

— A médica legista não considerará homicídio sem mais provas. No mínimo, isso significa provas definitivas do que causou o ferimento que matou Steve. Ela está sendo pressionada a terminar o relatório. Provavelmente dirá que a causa da morte é indeterminada. Sem a arma do crime...

— O assassino fica impune — completei.

— É um caso de muita exposição, Cen. Ela está verificando tudo de novo no momento, mas, apesar de parecer que alguém apareceu depois da morte de Steve e limpou tudo, não é suficiente. Sem provas concretas mostrando algo sinistro, a morte terá causa indeterminada.

— Alguém bateu na cabeça de Steve, Tyler. Eu sei disso, você sabe disso e a médica legista sabe disso. Por que ela não pode simplesmente dizer que isso aconteceu?

Ele hesitou. — Causa indeterminada ainda deixa as coisas em aberto para se e quando novas provas surgirem. Mas, a cada hora e dia que não encontramos nada, as possibilidades diminuem. Se não encontrarmos alguma coisa agora, as chances de encontrar nas próximas semanas, meses ou anos são mínimas. O advogado de Serena já está pressionando Brayden. Ela está ameaçando processar Westwick Corners se isso se arrastar e virar um escândalo.

Brayden Banks, o prefeito e meu ex-noivo, tinha zero postura. Uma pressão sobre ele significava que a pressão chegaria também a Tyler. Brayden sempre evitava publicidade negativa ou qualquer coisa que pudesse prejudicar suas aspirações políticas. Mas aquela era uma questão moral, não financeira, e era simplesmente errado deixar que riqueza e poder influenciassem uma investigação.

Olhei para Serena, que estava sentada a uma mesa grande com sua equipe, lembrando-se do marido falecido. Ela parecia genuinamente triste. Era de verdade ou apenas uma encenação, como Os McCoys Reais?

Voltei à conversa. — Por que Brayden está envolvido? É uma investigação policial procurando uma causa médica para a morte. Não é política e Serena não pode processar a cidade. — Porém, ela certamente poderia processar Mamãe por um acidente no local. Temi que isso fosse o próximo passo. Nesse caso, estaríamos financeiramente arruinadas. Uma sensação de medo me invadiu.

— Provavelmente é apenas uma tática de medo, mas Serena não recua — disse Tyler. — Ela quer uma resolução rápida para que a história desapareça. Ela disse que toda a publicidade negativa reduz seu potencial de ganhos futuros.

— Steve era metade dos McCoys Reais. Serena perde dinheiro de qualquer forma. Não é culpa da cidade.

Tyler suspirou. — Eu sei. O problema é que um processo judicial frívolo poderia levar a cidade à falência com as taxas legais. Teríamos que nos defender no tribunal e isso custa dinheiro. A não ser que encontremos provas concretas, não poderemos continuar sem um bom motivo. Simplesmente não temos dinheiro suficiente para lutar contra uma celebridade milionária, Cen.

— Uma coisa que sei com certeza é que, se meu marido morresse subitamente, eu não apressaria a investigação. Gostaria de ter todos os ângulos investigados.

O rosto de Tyler ficou vermelho. — Isso é... muito bom saber.

Aquele assunto que estivéramos evitando subitamente se jogou à nossa frente. Meu coração bateu mais rápido quando tentei me explicar. — Eu só quis dizer que, ahm... Serena mudou de querer renovar os votos para uma decisão de enterrar o marido muito depressa. Ela deveria querer que houvesse uma investigação adequada, especialmente se a médica legista não consegue dar respostas definitivas.

— Era de se pensar que sim, mas nem todos pensam assim. Especialmente quando as provas não são preto no branco.

Franzi a testa. — Processar a cidade é o que um assediador faz, não uma esposa em luto. Além do mais, Steve morreu em uma propriedade particular. Como isso agora é responsabilidade da cidade?

— Os advogados alegarão que a cidade nunca inspecionou a piscina. Se tivesse feito isso, teria ficado óbvio que a piscina não foi construída de acordo com os regulamentos.

— E nós temos regulamentos de construção? Mal somos uma vila. Como isso está conectado à morte de Steve?

Ele respondeu: — Não está. Mas basta a alegação para nos levar para o tribunal e não temos como sustentar um processo judicial. — Tyler abaixou a voz. — Cen, preciso perguntar algo importante a você.

Nossa conversa mudara o foco de morte acidental para assassinato, mas também mudara o momento do meu pedido de casamento? E se Tia Pearl não tivesse encontrado o anel perdido?

— Cen? Está ouvindo? — A voz de Tyler interrompeu meus pensamentos.

— Ahm, sim — disse eu, engolindo em seco. Anos depois, nós dois olharíamos de forma nostálgica para aquele momento, por mais estranho que fosse. Não era nem um pouco romântico, mas o que importava era o amor. Talvez não fosse um jantar sofisticado, mas, de qualquer forma, eu estava gorda demais para fechar meu novo vestido vermelho. Respirei fundo e inclinei-me para mais perto de Tyler. — Pode perguntar.

Ele se inclinou para a frente e colocou a mão sobre a minha. — O que preciso saber é, há alguma magia envolvida?

— É *essa* a sua pergunta? — Aquela *não* era a pergunta que eu esperara. Ao soltar o ar e recostar na cadeira, minha barriga gorda recém-adquirida ficou espremida e empurrou meu sutiã para cima. Que deprimente. Pelo lado bom, uma proposta romântica certamente viria ao meu encontro muito em breve. Certo? Ou estava completamente errada sobre tudo?

— Por que você está chateada? — perguntou Tyler.

— E-eu não estou chateada. — Mordi o lábio inferior e evitei o olhar de Tyler.

— Sim, está. Você sempre espreme os olhos quando está com raiva. Alguma coisa está incomodando você e não sei o que é.

Eu deveria ter dito a Tyler naquele momento que sim, havia magia envolvida. Mas eu tinha permissão de contar a ele sobre a maldição dos Rocklins? Por algum motivo, achei que não. Falar sobre a maldição atrairia mais maldição? De qualquer forma, isso deixaria Tia Pearl furiosa, o que não valia a pena. O que ela faria comigo? Iria me amaldiçoar?

E eu certamente não poderia mencionar um anel sobre o qual não deveria saber.

Pelo jeito, eu já estava amaldiçoada, ganhando um quilo por hora e com o esquema de enriquecimento rápido de Mamãe contando com um cadáver e muita publicidade negativa.

Eu estava furiosa. Irracionalmente furiosa, mas e daí? Tudo estava dando errado e eu precisava ficar com raiva de alguém além de mim mesma. Com ou sem bruxaria, nossa família ficaria dividida em um jogo de culpa e, mais uma vez, era eu quem teria que achar uma solução. De alguma forma, eu tinha que fazer aquela maldição desaparecer.

Mas eu não podia descontar em Tyler. Em vez disso, eu disse: — Só odeio a ideia de alguém sair impune de um assassinato.

— Então prove que é assassinato, Cen. Ajude-me a encontrar a arma do crime.

CAPÍTULO 19

No lado de fora, havia uma mistura de chuva e neve quando saí do Ponto do Feitiço. Tyler fora embora alguns minutos antes. Ele foi para o escritório para analisar os vídeos de segurança. Eu fui para a Mansão Rocklin. Assustador, sim, mas, com Serena e sua gangue no bar, provavelmente seria minha única chance de dar mais uma olhada em volta da piscina. Mas meu verdadeiro objetivo era banir a maldição para sempre.

Para recapitular, agora eu tinha três objetivos quase impossíveis:

1. Encontrar a arma do crime,
2. Solucionar o assassinato e acertar a história para calar as alegações de Serena de morte acidental,
3. Banir a maldição.

Aqueles objetivos levavam a objetivos adicionais. Se eu conseguisse solucionar o assassinato, teria um furo sobre a história da morte trágica de Steve antes de qualquer outra pessoa. Para resumir a história, eu tinha muito a ganhar com isso. A chuva gelada penetrou meu casaco quando corri até o SUV no outro lado do estacionamento.

Sentei no banco do motorista e revisei mentalmente a minha lista de tarefas antes de dar partida.

Encontrar a arma do crime, se houvesse uma, deveria ser algo fácil em termos de bruxaria. Em teoria, só o que eu precisava fazer era voltar à Mansão Rocklin e lançar um feitiço de reversão para rever os eventos, um por um. Obviamente, eu não podia contar meus planos a Tyler. E ali estava eu, assustada e esperançosa a caminho da Mansão Rocklin. Ou, possivelmente, a caminho da ruína.

Reverter a sequência de eventos exigia um feitiço de reversão em cima de outro feitiço de reversão e de mais um feitiço de reversão. Qualquer erro seria literalmente um desastre, pois, se algo desse errado em alguma das reversões, eu poderia alterar a história de cada uma das pessoas que fora à Mansão Rocklin naquele dia. Isso incluía os McCoys, seus funcionários, bem como os policiais e os bombeiros. Incluía até mesmo Tyler e eu, além da minha família. Era uma quantidade imensurável de tarefas simultâneas para eventos interdependentes, até mesmo para mim. Muitas pessoas tinham estado na cena e muitas horas tinham se passado.

Mas talvez houvesse outra forma. Eu duvidava que os peritos em cena do crime tivessem deixado passar uma arma do crime óbvia, mas e se ela fosse diferente do que uma arma que esperavam encontrar?

Eu tinha uma ideia, mas precisaria da ajuda de outra bruxa. Mamãe estava fora de questão. Ela ainda estava traumatizada com tudo o que acontecera e alguém precisava continuar a vida e preparar o jantar para os hóspedes do hotel. Além do mais, como Mamãe descobrira o corpo de Steve, ela estava diretamente envolvida. Tia Pearl também não poderia ser, mesmo se não estivesse ocupada cuidando do bar.

Havia apenas uma bruxa com quem eu poderia contar, e era Vovó Vi.

* * *

O CAMINHO até a Mansão Rocklin foi difícil. A garoa se transformou em nevasca assim que saí do Ponto do Feitiço. Pedaços de gelo batiam no para-brisa e ricocheteavam no capô. Espremi os olhos para ver melhor a estrada. No escuro, ela mal era visível, com a nevasca caindo depressa demais para que os limpadores acompanhassem.

Vovó Vi flutuou a poucos centímetros acima do banco do passageiro na frente do carro, recriminando-me pelo que eu estava prestes a fazer. — Você mentiu para Tyler dizendo que ficaria em casa. E você me enganou para sair de casa! Não vou colocar os pés em terra dos Rocklins. Dê meia-volta neste carro e saia desse lugar amaldiçoado. Leve-me para casa, agora mesmo!

— Não posso até encontrar o que estou procurando. — Mantive o tom de voz casual enquanto passava pelos portões da mansão Rocklin. — É só um desvio momentâneo. Acho que consigo me livrar da maldição, mas tem que ser feito aqui. A maldição só existe porque achamos que existe.

Eu mesma não acreditava totalmente nisso, mas era apenas um dos motivos para a minha visita.

Quando cheguei ao estacionamento, pressionei o pedal do freio quando vi o SUV Mercedes branco de Serena. Ele estivera estacionado na frente do Ponto do Feitiço quando saí e eu não a vira ir embora. Ela devia ter saído do bar depois de mim, mas pegara a estrada antes enquanto eu estava sentada no carro. Nenhum carro passara por mim na estrada até ali.

Subitamente, vozes altas foram ouvidas do lado de fora. Tirei o pé do pedal do freio, pronta para acelerar para fugir rapidamente, mas parei. Eu não tinha mais certeza sobre o meu plano, especialmente ao reconhecer a risada. Mas aquela era a minha única chance. Eu tinha que realizar meu plano agora ou ele nunca aconteceria. E eu tinha que fazer isso sem ser descoberta.

Serena estava bêbada. As palavras dela estavam enroladas e o que ela disse a seguir me deixou chocada.

— Jason é responsável por isso. Se ele tivesse estado em casa, isso nunca teria acontecido. Steve não teria ido nadar sozinho. — Serena soluçou. — Ou talvez não teria importado. Jason provavelmente teria deixado Steve morrer.

— Você não quis dizer isso. — A voz de Abby era igualmente reconhecível, mesmo à distância. Mas, diferentemente de Serena, ela estava sóbria.

— Sim, quis. Jason ficará feliz com a morte de Steve. Nenhum amor perdido entre aqueles dois. Ele provavelmente deseja que eu também estivesse morta.

Por mais que eu quisesse ficar ali, ao alcance do ouvido, qualquer um olhando pela janela teria me notado. Dirigi lentamente e estacionei na extremidade do caminho, o mais longe possível do quintal de trás e da piscina. Meu carro ainda era visível, mas apenas se alguém saindo da casa se virasse e olhasse para trás. Saí do carro e andei devagar em direção às vozes. Vovó Vi flutuou a poucos metros atrás de mim. Uma das portas da sala de estar estava totalmente aberta. Ela ficava virada para a frente da casa e era rodeada por um pórtico pequeno com uma área para sentar, com paredes de tijolo baixas nos dois lados. Mesmo na escuridão, qualquer um que olhasse para fora nos descobriria, caso se desse ao trabalho de procurar. Eu me abaixei na grama perto da parede, decidindo que valia o risco. Torci para conseguir alguma informação da conversa delas. Logo, fiquei decepcionada quando a conversa passou para comidas.

— Estou com fome — reclamou Serena. — Não há nada para comer nesta cidade.

— Vou telefonar para Ruby e pedir que ela traga alguma coisa — disse Abby.

— Se a comida dela for parecida com aqueles bolinhos, prefiro morrer de fome.

Vovó Vi soltou uma exclamação. — Que ousadia dessa mulher!

— Quieta! — Acenei com a mão e imediatamente me arrependi, pois ninguém conseguia ouvir Vovó Vi além de mim. Porém, elas conseguiriam me ouvir.

— Que barulho foi esse? — perguntou Abby.

— Que barulho? Vamos até Shady Creek procurar um restaurante decente. Estou louca para comer comida italiana. — Serena caiu em lágrimas. — Massa era a comida favorita de Steve.

— Pegue suas coisas, vou buscar o carro — disse uma voz masculina.

Supus que fosse Danny, o motorista de Serena.

Eu seria descoberta, a não ser que me movesse. Meu coração bateu com força quando me ajoelhei e rastejei pelo pátio, passando pelas portas e com a parede baixa escondendo-me. Depois, levantei e passei pela entrada da frente, dando a volta até o lado oposto da casa, onde ficava a piscina. Exceto pelo outro par de portas que levavam à piscina, aquela parte da casa não tinha janelas. Por sorte, aquelas portas estavam fechadas com as cortinas cerradas. Eu me posicionei perto da entrada lateral e da cerca viva, onde era improvável que fosse notada. Era um local fora da vista, tanto da parte interna da casa como da frente onde o SUV de Serena estava estacionado. Só tínhamos que esperar que eles partissem.

Porém, havia um problema. Meu carro estava estacionado do lado de fora. Talvez eles estivessem com pressa o suficiente para sair e não olhassem para o lado da casa para vê-lo. Prendi a respiração e torci pelo melhor, mas preparando-me para o pior.

Respirei fundo enquanto pensava nos próximos passos.

Vovó Vi flutuava de um lado para o outro, muito chateada. — Você não pode botar os pés naquela casa, Cendrine.

— Não preciso entrar nela. — Admitir que eu já estivera lá dentro só a deixaria mais chateada. Vovó Vi flutuou ao meu lado quando me encostei na cerca viva alta. Os galhos afiados cutucaram dolorosamente meu casaco de inverno e minha calça, criando pontos de pressão doloridos nos meus braços e nas minhas pernas.

A porta da frente bateu, seguido rapidamente de passos e vozes que diminuíam a cada segundo. Momentos depois, as portas do carro bateram e o motor foi ligado. Os pneus do carro fizeram barulho no cascalho e, finalmente, houve silêncio. Espiei em volta da cerca viva bem a tempo de ver as lanternas traseiras desaparecerem em uma curva do caminho. Aquela seria a minha única chance de ver o que eu poderia descobrir com um feitiço. As chances de que meu plano funcionasse eram mínimas, mas valia a pena tentar.

CAPÍTULO 20

*V*ovó Vi flutuou alguns metros à minha frente como vigia. O ponto de vantagem dela permitia que me alertasse se alguém aparecesse no caminho da Mansão Rocklin ou se alguém mais saísse da casa. Duvidei que houvesse alguém no interior, mas não havia como ter certeza.

Ela sussurrou: — Depressa, Cendrine! Cada minuto que passamos aqui é um minuto demais.

Meu coração acelerou quando parei no pátio de concreto ao lado da piscina com a lanterna, varrendo a área em busca de qualquer coisa estranha. Como uma arma do crime. Era ridículo achar que eu encontraria alguma coisa, pois a polícia já vasculhara a área. Ela provavelmente não deixara nada passar, mas valia a pena olhar de novo, mesmo que fosse no escuro. Era uma última tentativa de provar minha teoria de que a morte de Steve fora qualquer coisa, menos um acidente. Porém, esse não era o principal motivo de eu estar ali.

Vovó Vi leu a minha mente. — Qualquer coisa é possível, mas você tem que *fazer* alguma coisa, agora mesmo. Pare de ficar parada e faça algo.

— Está bem, mas me apressar me deixa estressada. — A verdade era que eu estava nervosa. Tão nervosa que não conseguiria fazer o feitiço em uma propriedade em que nossos poderes de bruxa tinham sido drasticamente reduzidos. Os poderes de Mamãe não tinham funcionado quando ela tentara salvar Steve. Por que os meus funcionariam agora?

Não.

Pense positivo.

Respirei fundo e cheguei mais perto da piscina. Concentrei meus pensamentos. Ergui as mãos, com as palmas para fora, e disse:

ALGUMA COISA AQUI É ESTRANHA,
Deixe-a visível antes que seja tarde,

REVELE a arma que causou o ferimento,
Ajude-nos a encontrar e pegar o bandido.

ESPEREI, mas nada aconteceu.

— Tente se virar para uma direção diferente — sugeriu Vovó Vi.

Virei para a esquerda e repeti o feitiço.

Ainda nada.

Virei mais uma vez e recitei o feitiço. Não importava para onde eu me virasse, nada acontecia.

Olhei para Vovó Vi. — Estou fazendo algo errado?

Ela franziu a testa. — Não, é este lugar amaldiçoado. Nossos feitiços não parecem funcionar aqui. Ou pode ser que tenha sido apenas um acidente e não haja arma a encontrar. Talvez nunca saibamos.

— Deve haver mais alguma coisa que eu possa tentar. Um feitiço diferente, talvez? — Eu podia ir embora naquele momento, mas aí aquela operação arriscada teria sido em vão.

Vovó Vi suspirou. — Nada funcionará, a não ser que você remova o único feitiço que impede todo o resto. A Maldição dos Rocklins.

Percorri a área da piscina com a lanterna mais uma vez. Nenhuma arma do crime, nem mesmo uma boia da piscina. Virei-me para andar de volta até o portão.

Naquele momento, a luz da lanterna brilhou em alguma coisa. Um clarão branco sob a cerca viva chamou minha atenção. — Espere! Talvez meu feitiço tenha funcionado, no fim das contas. Encontrei algo.

Cheguei mais perto e ajoelhei-me. Estendi o braço sob a cerca viva. Minha mão fechou sobre um pedaço de papel molhado e coberto de terra. Levantei-o cuidadosamente e limpei-o com os dedos, revelando números em uma tinta azulada clara.

— O que é? — perguntou Vovó Vi.

Eu me levantei e coloquei o papel sob a luz. — Infelizmente, não é a arma do crime. É apenas um recibo de caixa registradora antiga. — Não havia detalhes identificando os itens comprados, apenas 3 linhas com preços, identificados como item 1, item 2 e item 3.

Eu estava prestes a jogá-lo fora quando Vovó Vi desceu para olhar mais de perto.

Ela espiou sobre o meu ombro. — Hmmm. As coisas nem sempre são óbvias, Cen. Pode ser uma pista que levará você até a arma.

— Você só está tentando fazer eu me sentir melhor. — Eu imaginara que a arma do crime seria algo pesado, como um tijolo ou uma pedra, não um simples pedaço de papel. Mas Vovó Vi poderia estar certa. Minha mente voltou para um jogo que eu costumava jogar na infância.

Pedra, papel, tesoura.

As regras do jogo eram que a pedra esmagava a tesoura, a tesoura cortava o papel e o papel cobria a pedra. *O papel cobre a pedra.* Podia ser um sinal, mas do quê? Eu não tinha ideia. Os feitiços normalmente tinham um resultado diferente do esperado por muitos motivos. O recibo era algum tipo de brincadeira doentia da maldição dos Rocklins? Eu duvidava que a polícia de Shady Creek teria deixado passar uma prova tão óbvia durante a investigação. Ainda assim, eu não estava totalmente convencida de que o recibo se materializara como resultado do meu feitiço.

Mágico ou não, eu conhecia um lugar na cidade que emitia recibos exatamente como aquele. No mínimo, eu deveria verificá-lo. Se eu me apressasse, conseguiria chegar lá antes que fechasse. Mas, primeiro, havia uma última coisa que precisava fazer.

CAPÍTULO 21

ovó Vi flutuava perto do portão, claramente abalada. — Precisamos ir embora, agora! Estou me sentindo fraca por causa deste lugar. É ruim, Cen.

— Eu sei, também sinto. E eu só preciso de tempo suficiente para garantir que diga as palavras corretamente. — Parei ao lado exato na piscina onde o corpo de Steve boiara horas antes. Era agora ou nunca, mas eu não queria apressar o feitiço e estragar tudo, particularmente com um feitiço que poderia desfazer uma maldição de décadas.

— Cada momento que ficamos aqui diminui nossos poderes. É muito perigoso para nós ficarmos aqui. Recite o maldito feitiço. — Ela deixou cair um pedaço de papel de seu bolso translúcido.

Peguei o papel enquanto ele ainda caía. Desdobrei-o e vi uma versão impressa do mesmo feitiço que Tia Pearl recitara mais cedo no hotel, sem sucesso. Meu plano de recitar o feitiço diretamente na propriedade dos Rocklins era um tiro no escuro. Fiquei grata pela versão impressa, em vez de tê-lo que recitar da memória.

Respirei fundo e torci por um milagre:

Sua maldição dos céus fenecerá

Diante dos seus olhos se apagará
Seu pesar sobre nós não recaia
Vá embora você e a sua laia
Eu guardarei e protegerei este posto,
Não se atreva a mostrar seu rosto,
Seus poderes de bruxa não existem mais,
Para sempre lacrados porta atrás,
De bruxa agora e para sempre mortal,
Eternamente banida do portal,
Você vai pagar por seus erros gravemente,
Todos os seus sonhos morrerão na semente,
Suas maldições não mais brotarão,
As dúvidas em sua cabeça permanecerão
Para sempre e um dia – e até essa hora
Vê-la-emos banida deste plano para fora.

Vovó Vi soltou uma exclamação. — Cen, você disse errado! É quarenta anos e um dia, não para sempre e um d...

Apontei para o papel e balancei a cabeça negativamente. — Não, diz "para sempre" bem aqui.

— Então por que Pearl disse quarenta anos? Ela não teria cometido um erro bobo como esse.

Li o papel de novo. — Aqui diz "para sempre", com certeza. Para sempre é o que queremos, certo?

Vovó Vi olhou para o papel. — Ai, nossa, você está certa! Eu me lembro agora... há diferentes versões do feitiço. O tempo mudou quando uma regra da WICCA foi revisada muitos anos antes. Uma palavra mudou tudo.

A voz dela foi abafada por um trovão. Tudo ficou escuro quando a tempestade aumentou, seguida um minuto depois por uma chuvarada.

Chuva?

Era estranho, pois a temperatura estava abaixo de zero. Estava frio demais para qualquer coisa que não fosse neve.

Ainda assim, era chuva. Gotas de chuva quentes me encharcaram como se fosse uma chuva tropical, não a chuva gelada que normalmente caía no estado de Washington.

A forma de Vovó Vi flutuou na minha direção, sem ser afetada pela chuva súbita. Ela bateu as mãos. — Já me sinto melhor. Você conseguiu, Cen! Você removeu a maldição!

Nada mudara que eu pudesse ver, mas senti uma leveza, quase uma tontura ao virar o rosto para o céu. Eu ri quando gotas de chuva quentes caíram no meu rosto. Senti paz na alma. Algo no ar fez eu me sentir reconfortada e energizada ao mesmo tempo.

Um peso invisível que eu não sentira antes subitamente desapareceu das minhas costas. Tudo parecia mais leve, como se a gravidade tivesse diminuído. Até mesmo a cintura da minha calça parecia mais frouxa. — Uma palavrinha e tudo muda? Como assim?

— A WICCA baniu feitiços "para sempre" há anos, quando implementaram limites de tempo nos feitiços.

— Se é esse o caso, por que meu feitiço funcionou e o de Tia Pearl não? Eu disse "para sempre e um dia". Tia Pearl disse "quarenta anos e um dia". O feitiço dela devia ter funcionado, não o meu.

— É o que se pensaria — disse Vovó Vi. — Mas um erro foi cometido. A maldição original dos Rocklins era para sempre, mas, quando a regra da WICCA mudou as sentenças máximas para quarenta anos, a maldição original foi lançada novamente com quarenta anos. O contrafeitiço também era de quarenta anos.

— Nesse caso, a maldição deveria ter expirado anos antes, quando terminaram os quarenta anos — retruquei.

— Houve uma apelação sobre o limite de quarenta anos e, depois de alguns anos, a WICCA mudou de ideia. Eles aplicaram o limite de quarenta anos apenas a feitiços novos, não aos pré-existentes. A maldição "para sempre" original nos feitiços pré-existentes foi reaplicada. Há pouquíssimos feitiços "para sempre" que sobraram. Acho que Pearl atualizou o livro de feitiços para a mudança original para quarenta anos, mas não registrou a mudança de volta a "para sempre".

— Como nossa família inteira deixou isso passar?

— É muito simples, Cen. A maldição não estava ativada, portanto, não sentimos seus efeitos. Achamos que a WICCA tinha resolvido toda a papelada relacionada à mudança de regra. Achamos que a maldição tinha sido completamente cancelada por nosso contrafeitiço original. Exceto que, neste caso, a maldição original e o contrafeitiço não correspondiam.

Eu estava lentamente entendendo. — Eles não podiam cancelar um ao outro porque eram diferentes. A maldição "para sempre" original dos Rocklins foi reaplicada, mas, por causa do erro burocrático da WICCA, o contrafeitiço "para sempre" precisava ser feito uma segunda vez?

Vovó Vi assentiu. — Exatamente. Devíamos ter conferido duas vezes, de verdade, mas confiamos na WICCA. Não se mexe com maldições grandes como essa. Lançar um contrafeitiço a mais em maldições poderosas pode ter consequências graves.

— Estou livre de uma maldição que nem sabia que existia. Minha vida deverá melhorar drasticamente, certo? — Isso poderia mudar tudo. Eu poderia comer de tudo e não ganhar um grama. Meu jornal daria lucro com menos esforço. O hotel também, e até mesmo a Escola de Encantamento de Pearl. Westwick Corners prosperaria, em vez de existir como uma cidade quase fantasma.

Vovó Vi invadiu meus pensamentos. — Duvido que sua vida mude tanto assim. Pode ser difícil distinguir uma maldição de puro azar. O único sinal claro é quando o azar é algo muito fora do comum. Nesse caso, provavelmente é uma maldição.

— Como o buraco no teto e o rádio pegando fogo?

— O teto, sim. Mas o rádio pegando fogo fui eu — disse Vovó Vi, sorrindo. — Ainda consigo fazer alguma coisa.

— Tia Pearl deveria ter atualizado todos os feitiços em seu livro. No mínimo, deveria ter se lembrado de fazer isso.

Vovó Vi balançou a cabeça negativamente. — Você sabe que sua tia é horrível com detalhes. Além do mais, estamos todas ficando mais velhas e esquecidas. Acho que, no calor do momento, quando o teto se abriu, ela entrou em pânico.

— Mas Tia Pearl não tem medo de nada nem de ninguém — comentei.

— Ela tem medo de muitas coisas, Cen. Ela só esconde muito bem.

Eu deveria ter prestado mais atenção ao feitiço dela, mas ainda estava irritada e distraída por ter mexido no seu computador. Sinto muito por não ter percebido que as palavras estavam erradas até agora. Eu poderia ter evitado uma tragédia. — A aura dela pulsou entre luz e escuridão.

Se fantasmas pudessem chorar, Vovó Vi estaria chorando muito alto. Toquei no ombro transparente dela. — Não é culpa de ninguém, Vovó.

A aura dela ficou mais escura. — É culpa minha. A queda desta cidade e de tudo o mais resultou de uma maldição que poderíamos ter removido décadas atrás. Imagine como as coisas poderiam ter sido diferentes.

Exceto que, se tudo tivesse sido diferente, teríamos levado vidas diferentes. Nunca teríamos transformado nossa casa em um hotel. Tyler nunca teria aceitado o emprego de delegado na cidade que ninguém mais queria e eu estaria casada com outra pessoa.

— Gosto das coisas como estão e não mudaria nada, Vovó. Quanto a Steve, há uma boa chance de que a morte dele não tenha tido nada a ver com a maldição.

Vovó Vi limpou uma lágrima imaginária do olho. — Acha mesmo?

Estudei o recibo. — Nossa sorte mudou de várias formas.

CAPÍTULO 22

$\mathcal{E}$ ntrei no estacionamento do Gas N'Go e parei ao lado do prédio. Vovó Vi esperou no carro. Passei pelas bombas vazias e subi o único degrau da loja. Quando abri a porta e entrei, lembrei-me de Wilt, o ex-caixa do lugar, que agora mofava em uma cadeia em Las Vegas. Cherise, que o substituiu, era o oposto de Wilt. Ela era atenciosa e amigável, e todos na cidade a adoravam. Na verdade, ela era quase alegre e atenciosa demais. Ela ajudaria um assaltante armado a encher o tanque com um sorriso.

— Ei, Cen, faz algum tempo que não vejo você. — Cherise estava parada atrás do balcão. — Como posso ajudar você? O de sempre?

Meu estômago roncou quando olhei para a bandeja de *croissants* de chocolate no expositor de vidro. — Não, obrigada. Estou aqui por outro motivo.

Cherise tirou um prato em formato de coração cheio de chocolates de trás do balcão. — Quer experimentar? Acabamos de recebê-los esta manhã.

Fiquei tentada, mas não queria arriscar minha cintura recém-magra. O Gas N'Go vendia os mesmos tipos de chocolate todos os anos. Eu sabia que aqueles eram sobras do Dia dos Namorados do ano anterior. Ou talvez do Dia dos Namorados antes dele. Todos fazíamos o que era preciso para pagar as contas em uma cidade sem empregos e nem sempre era bonito.

Balancei a cabeça negativamente de forma fingidamente casual, em vez do desespero que sentia por dentro. — Não. Estou aqui por outro motivo.

— Tem certeza? Os chocolates estão vendendo depressa. Talvez uma caixa como presente do Dia dos Namorados para Tyler? — O olho direito de Cherise fechou em uma piscadela exagerada. Teria sido cômico se ela não estivesse tão obviamente desesperada.

Eu queria que minha surpresa do Dia dos Namorados para Tyler fosse única, não os chocolates velhos do posto de combustível que Cherise queria me empurrar. Mas o tempo estava correndo e eu ainda tinha que encontrar algo adequado. A desvantagem de uma cidade pequena era que todos sabiam da vida de todos. Quase todos, pois eu ainda não conseguira descobrir quem me pagara para o anúncio de página inteira do Dia dos Namorados.

— Ahm... obrigada, Cherise. Talvez depois.

— Você tem muito pouco tempo sobrando. — Agora, a voz de Cherise tinha um toque de desespero. — É quase Dia dos Namorados.

Eu tinha coisas mais importantes a tratar no momento. — Na verdade, estou aqui para pedir um favor. Você tem câmeras de segurança aqui, certo?

Cherise assentiu e seu sorriso sumiu. Ela apontou para três monitores sobre a caixa registradora. — Uma sobre a porta, uma sobre a bomba de combustível e uma que cobre a caixa registradora. Por quê? Há algo errado?

Eu não podia dizer absolutamente nada sobre as celebridades entre nós, muito menos que uma delas estava morta. A notícia poderia se espalhar pela cidade em um instante. — Não há nada de errado, exatamente. É só que Tia Pearl fez uma loucura de novo. Preciso de uma prova sólida antes de acusá-la de alguma coisa. Também quero acertar as coisas para a loja.

Os olhos de Cherise se arregalaram. — Pearl fez alguma coisa aqui, no Gas N'Go? Ela não voltou aos velhos truques piromaníacos, voltou? Espero que não tenhamos que ficar em isolamento de novo.

— Não, não... nada assim. É que há uma ligeira chance de... de... — Levantei a mão. — Não posso acusá-la sem provas. Provavelmente não é nada, mas preciso verificar por uma questão de segurança.

Tia Pearl uma vez tentara explodir o posto de combustível, portanto, Cherise não questionou meu pedido estranho. Cherise era muito ocupada, mas tinha medo de se envolver em alguma das ações criminosas de Tia Pearl.

— Sim, claro, Cen. Obrigada por nos manter todos seguros. — Cherise largou o prato de chocolates e saiu de trás do balcão. — Do que precisa?

— Posso ver o vídeo da câmera dos últimos dois dias?

Cherise deu de ombros. — Eu não deveria mostrá-lo para as pessoas. Porém, considerando as circunstâncias, não vejo que mal faria. Só não conte a ninguém.

Juntei as mãos. — Não vou contar, prometo.

Cherise passou por mim e andou até a porta da frente. — Dê-me um minuto e preparo tudo para você. Suponho que o que Pearl fez não pode ser tão ruim assim. Quero dizer, o prédio ainda está de pé e estamos funcionando, certo?

— Adoro sua atitude positiva. — Virei o rosto para os monitores suspensos sobre o balcão da caixa registradora. Cherise apareceu na tela. Ela virou a placa que dizia "Entre, estamos abertos" para o lado oposto, que dizia "Fechado - volto logo". Ela moveu o ponteiro menor do relógio de plástico 15 minutos para a frente e virou a placa para que o relógio ficasse virado para fora.

A câmera de segurança do Gas N'Go era um modelo mais antigo, com resolução baixa, mas a qualidade era boa o suficiente para identificar Cherise ou qualquer um que passasse perto ou pela porta.

Senti uma pontada de culpa por incriminar Tia Pearl. Porém, se meu instinto estivesse certo, eu teria bastante tempo para limpar as coisas mais tarde.

— Cherise, a que horas você começou a trabalhar hoje?

— Às sete da manhã, como sempre. Este é meu primeiro turno em quatro dias. Siga-me.

Segui Cherise ao entrarmos em um corredor estreito até a parte de trás da loja.

Cherise abriu a porta de uma salinha. Caixas de mudança empoeiradas estavam empilhadas contra uma parede, sob um calendário grande de dois anos antes.

Uma mesa de carvalho de aparência antiga estava coberta de pilhas de revistas velhas e papéis. Atrás dela, havia uma cadeira de escritório de couro verde. Os apoios de braço estavam gastos e rasgados. O que restara era mantido no lugar com fita adesiva.

— Basta me mostrar onde posso ver o vídeo das câmeras de segurança e deixarei que volte ao trabalho. Serei rápida, prometo. — Passei a mão no *pendrive* no bolso do casaco, torcendo para que não fosse um exercício em vão. Também torci para encontrar algo, pois a alternativa, de que Steve morrera como resultado de negligência com a maldição, seria uma tragédia catastrófica.

Cherise se sentou e colocou a mão na maçaneta da gaveta inferior da mesa. Ela tirou um *notebook* da gaveta e colocou-o sobre a mesa. Ela o ligou e digitou algo no teclado. A tela brilhou e mostrou um vídeo de vigilância da porta da frente do Gas N'Go. Ela apontou para as setas para cima e para baixo na parte inferior da tela. — Clique no menu no topo para mudar de câmera. Chame se precisar de ajuda para navegar.

— Obrigada, Cherise. — Não olhei para cima. Eu já estava rolando pelo vídeo.

Os passos de Cherise ficaram mais fracos no corredor enquanto ela voltava para a frente da loja.

Tirei o recibo molhado do bolso e cuidadosamente alisei-o sobre a mesa. O recibo tinha data e hora, mas só o que consegui decifrar da tinta apagada era a data do dia anterior. Decidi começar a busca no momento em que a loja fora aberta no dia anterior, 7 horas da manhã. Rolei o vídeo até ver movimento na tela. Vi as costas de Cherise enquanto ela destrancava a porta da frente e virara o sinal para o lado azul que dizia "Entre, estamos abertos".

Rolei lentamente por cada quadro, parando sempre que um vulto escurecia a porta. Não havia som. Era como assistir a um filme mudo muito chato. Algumas dezenas de clientes entraram e saíram, homens e mulheres locais, além de alguns garotos. Tyler era um deles. Congelei o quadro por um momento para admirar meu namorado alto e musculoso, muito bonito em seu uniforme de delegado.

Cherise saiu de trás do balcão e ofereceu a Tyler a mesma bandeja de amostras de chocolate que me oferecera. Ele recusou com um sorriso antes de andar em direção à porta de trás da loja, fora do alcance da câmera. Momentos depois, ele voltou até o balcão, com um café e um bolinho nas mãos. Ele pagou os itens e saiu da loja alguns minutos depois.

Ela estava realmente empurrando aqueles chocolates!

Cherise trabalhara no dia anterior, apesar de ter alegado que não. Por que ela mentira sobre aquele ser seu primeiro turno depois de quatro dias de folga? Ela não poderia ter esquecido. Fosse qual fosse o motivo para que ela mentisse, não poderia ser nada grave. Afinal, ela me deixara ver os vídeos de segurança sabendo que a veria neles.

Houve um ligeiro aumento na atividade perto do meio-dia que logo diminuiu. Os minutos se passaram sem que ninguém entrasse nem saísse da loja, e sem que nada acontecesse. Comecei a duvidar de que estava no caminho certo.

Uma hora se passou sem clientes. Logo depois das 3 horas da tarde, dois adolescentes entraram na loja rindo e brincando. Os irmãos Puhl compraram refrigerantes e batatas fritas, e saíram alguns minutos depois.

A loja ficou quieta de novo e começou outro período sem clientes nem entregas. Cherise estava sentada ao balcão lendo revistas. Um turno de 12 horas não era tão ruim como parecia, considerando todo o tempo ocioso entre clientes. Como o Gas N'Go conseguia se manter em funcionamento era um mistério, mas as câmeras forneceram prova inegável de que aqueles chocolates não tinham "recém-chegado" naquela manhã, como Cherise alegara.

Eu estava quase desistindo quando uma figura sombria escureceu a porta e abriu-a. Eram quase 7 horas da noite, de acordo com a hora no vídeo, poucos minutos antes do horário de fechar.

Senti um arrepio na espinha ao olhar melhor para a tela. O homem parecia um assaltante, em vez de um cliente. Ele vestia roupas escuras com um capuz preto puxado de forma a esconder parcialmente o rosto. Ele parecia estar tentando evitar detecção ou reconhecimento, como um assaltante experiente.

Ele olhou nervosamente em volta da loja e, em seguida, abaixou o olhar como se não quisesse ser notado. Ele andou para a parte de trás da loja, fora do alcance da câmera. Ele se movia rapidamente, como se estivesse com pressa. A única coisa que eu podia inferir do vídeo era que aquele homem não queria interagir nem ser lembrado. Ele parecia estar disposto a fazer algo ruim, mas, daquele ângulo em particular da câmera, eu não conseguia ver muito.

Mudei para a câmera virada para o balcão da frente, voltando ao horário de abertura do dia anterior. Rolei pelo vídeo com o dobro da velocidade, vendo os mesmos clientes de antes, mas desta vez me concentrei em cada pessoa à medida que pagavam Cherise pelas compras.

Cherise conversou com cada um dos clientes e não deixou de empurrar os chocolates do Dia dos Namorados. Eu ainda estava incomodada pela alegação dela de que não trabalhara no dia anterior. Que motivo ela teria para mentir?

Reduzi o vídeo para a velocidade normal e observei Cherise brincar com um casal que comprava bilhetes de loteria. Ela tentou vender a eles a mesma caixa de chocolates que me oferecera. Depois, ela recriminou os garotos Puhl por encherem os copos vezes demais na máquina de refrigerante.

Às 18h58, minutos antes da hora de fechar, o homem misterioso levou as compras até o balcão. O item maior era branco, grande e de formato retangular. Porém, devido à baixa resolução do vídeo, foi difícil ver mais detalhes. A embalagem era maior do que a maioria dos itens alimentícios que seriam vendidos em uma loja de conveniência. A julgar pela forma como o homem o levantou sobre o balcão, também era pesado.

Cherise não tentou mover o item. Em vez disso, ela o virou e mirou com o scanner de código de barras, fazendo o mesmo com os dois itens remanescentes. Não consegui ver o que eram os dois itens menores, mas aquele fora o único cliente que comprara três itens o dia inteiro.

Cherise colocou um dedo na boca e sorriu ao dizer algo para o homem no filme mudo. Não consegui ver se ele respondeu, pois estava de costas para a câmera. Ele tirou a carteira do bolso e extraiu um bolo de notas. Com a mão enluvada, ele tirou três das notas e entregou-as a Cherise. Em seguida, tirou um saco preto do bolso do casaco e colocou os itens dentro dele. Aquilo me pareceu incomum, pois homens raramente carregavam sacolas reutilizáveis no bolso. A maioria das pessoas também tirava as luvas ao entrar em uma loja, especialmente no momento de pagar. Aquele homem parecia determinado a cobrir seus rastros.

Cherise colocou as moedas de troco na palma enluvada do homem. Ele as guardou no bolso do casaco. Em seguida, ele se virou e saiu da loja com a compra grande, apoiando a parte de baixo da sacola com uma das mãos.

O item misterioso era pesado e desajeitado, a julgar pela forma como o homem o carregava. Fosse o que fosse, era pesado o suficiente para matar alguém. Esse poderia ter sido um dos itens no recibo? Aquele recibo tinha que pertencer ao homem. Nenhum dos outros clientes comprara três itens. Desejei poder dizer o que eram aqueles três itens. Aproximei o vídeo, quadro a quatro, mas as imagens de baixa resolução só ficavam mais borradas ao serem aproximadas.

Eu não queria alertar Cherise sobre o verdadeiro motivo para olhar os vídeos de segurança, portanto, não poderia perguntar a ela o que eram os itens. Mas tive uma ideia. Seria difícil identificar os itens menores, mas não havia muitos itens grandes na loja. Lembrei-me de que o homem fora primeiro para a parte de trás da loja.

Voltei para a loja, onde vi Cherise.

— Só estou conferindo uma coisa, mas ainda não terminei — disse eu.

Ela assentiu e voltou a ler a revista.

Percorri cada um dos três corredores e o perímetro da loja, procurando um item que fosse pesado, quadrado e grande.

Voltei ao escritório e avancei o vídeo, quadro a quadro, para analisá-lo mais uma vez. Meu coração bateu mais depressa quando pressionei o botão de pausa. Tirei o telefone do bolso e liguei para Tyler. — Encontre-me no seu escritório. Acho que acabei de encontrar a arma do crime.

Depois de combinar o encontro com ele, tirei o *pendrive* da bolsa e copiei os arquivos de vídeo. Ao terminar, guardei cuidadosamente o *pendrive* no bolsinho com zíper da bolsa. Anotei a hora no vídeo antes de voltá-lo para o começo. Eu não queria que Cherise ou qualquer outra pessoa soubesse o que vira antes que eu conseguisse entender tudo.

CAPÍTULO 23

$\mathcal{D}$ ez minutos depois, estávamos sentados no escritório de Tyler, com as duas cadeiras lado a lado em frente à tela do computador. Tirei o *pendrive* da bolsa e inseri-o no computador. Rolei pelo vídeo de segurança do Gas N'Go até que o homem de preto entrou pela porta da frente.

— Não é a melhor resolução, mas você reconhece esse cara? — Apontei para a tela.

Tyler espremeu os olhos. — Não é Jason McCoy?

— É. Eu não o reconheci no começo, mas acho que pessoas famosas andam incógnitas para evitarem ser notadas. Ele comprou gelo. — Os detalhes que tinham sido tão difíceis de ver no monitor velho do Gas N'Go estavam muito mais claros na tela maior da delegacia.

O rosto de Tyler ficou vermelho. — Gelo?

Meu rosto ficou quente quando me lembrei do que mais era às vezes chamado de gelo. Gelo era uma gíria para diamantes. Tyler já notara que o anel desaparecera?

— O gelo é pesado o suficiente para matar alguém.

— Ele provavelmente só comprou o gelo para bebidas. Ele pegou alguns itens logo depois que fizeram o *check-in*, como lanches e coisas assim. O motivo mais lógico é o mais provável.

Eu pigarreei. — Exceto que é um bloco de gelo. Gelo em pedaços eu entendo, as pessoas o usam para bebidas. Mas quem precisa de um bloco de gelo no meio do inverno?

— O estoque não termina depressa nas prateleiras do Gas N'Go — disse Tyler. — Mas talvez a loja não tivesse mais gelo em pedaços. O bloco de gelo foi tudo o que sobrou.

Observamos Jason pagar a compra e virar-se para a porta. Ele desapareceu da câmera. Parei o vídeo e cliquei na câmera da porta. Jason reapareceu. Ele andou até a porta, parando para equilibrar o bloco de gelo frio e pesado para abri-la. O Porsche era visível do lado de fora, estacionado perto da bomba de combustível mais próxima.

Lembrei-me de Cherise e Jason no caixa. Jason estivera vestido para evitar reconhecimento, mas Cherise devia tê-lo reconhecido. Ela colocara o dedo sobre os lábios para deixar Jason saber que manteria o segredo dele. Como o vídeo não tinha áudio, eu não podia saber com certeza, mas não entregar uma celebridade fazia sentido. Isso também explicaria por que Cherise mentira sobre não trabalhar no dia anterior. Ela estava com medo de entregar a visita secreta de Jason McCoy à nossa cidadezinha.

Tirei o recibo da bolsa e entreguei-o a Tyler. — Encontrei isso sob a cerca viva da piscina. Provavelmente é o recibo de Jason, pois ele foi o único cliente que comprou três itens ontem. Não sei o que são os outros dois itens. Talvez eles nem importem, no fim das contas.

Tyler franziu a testa. — Vou descobrir. Como a polícia de Shady Creek não viu esse recibo? Eles estavam por toda parte naquele lugar.

Eu mesma não tinha muita confiança na polícia de Shady Creek, mas deixar de ver um recibo parecia improvável. — Talvez o vento o tenha levado para lá mais tarde? A equipe forense já tinha a impressão de que era um acidente, não um assassinato. Isso poderia ter afetado o cuidado com que fizeram as buscas.

— É decepcionante e terei que falar com eles sobre isso — disse Tyler. — Serena não falou nada sobre o posto de combustível. Ela disse que todos foram diretamente para a mansão dos Rocklins e ficaram lá.

Bati de leve na tela. — Talvez ela tenha pedido a Jason que comprasse algumas coisas depois de chegarem e esqueceu-se disso.

Tyler suspirou. — Talvez.

— O gelo é realmente estranho, Tyler. As pessoas substituem o gelo em pedaços quando o bloco de gelo não está disponível para usar em um *cooler* em um acampamento de verão ou pescaria. Ninguém compra um bloco de gelo para as bebidas quando gelo em pedaços não está disponível.

Tyler ponderou sobre isso por um momento. — Ok. Então, Jason comprou esse bloco de gelo, mas não encontramos gelo na casa. Eles podem já ter usado o gelo para alguma coisa.

Engoli em seco à menção de gelo ausente. Eu tinha que encontrar aquele anel. — Eles não o usaram para as bebidas.

— Não vimos gelo nenhum no freezer. Fizemos uma busca cuidadosa na casa e no terreno. Os dois freezers estavam vazios, até onde consigo me lembrar.

— Mas Steve morreu de um trauma de força contundente. E um bloco de gelo tem muita força contundente. — Pressione o botão para reproduzir o vídeo novamente e observamos Jason sair da loja. — Vê como ele o carrega? Não foi o peso do gelo que o deixou desconfortável. É porque o gelo é muito frio. Provavelmente é por isso que ele estava usando luvas, além de não querer deixar impressões digitais. Ele está segurando o bloco de gelo contra o lado do corpo, pois é difícil carregá-lo.

Tyler ficou de boca aberta. — É a arma do crime perfeita. É pesado o suficiente para matar, mas não deixa rastros. Explica o machucado na têmpora de Steve, mas ele derreteu antes que conseguíssemos encontrá-lo.

— Quanto tempo um bloco de gelo demora para derreter? — perguntei.

Era mais uma afirmação, mas Tyler entendeu como uma pergunta. — Do lado de fora, naquele frio, poderia demorar um pouco, mesmo em uma piscina aquecida. Tudo depende do ajuste de temperatura da piscina.

— Ou poderia ser derretido ainda mais depressa em uma torneira de água quente ou no micro-ondas — comentei.

Tyler assentiu. — É uma excelente possibilidade. Ainda é uma linha do tempo muito apertada, considerando a diferença pequena entre a hora em que você e Ruby viram Steve vivo pela última vez e quando ela descobriu o corpo.

Eu assenti. — Acho que o gelo foi deixado na piscina para derreter e desaparecer. Isso explica a temperatura irregular quando coloquei a mão na água. Ela estava muito fria em alguns lugares. E havia pedaços de gelo flutuando na superfície, apesar de ser uma piscina aquecida. Achei que a água estava congelando por causa do frio, mas agora acho que era apenas o resto do gelo. Os pedaços maiores podem ter sido removidos e levados para dentro, descartados em uma pia ou em um vaso sanitário.

— Você colocou a mão na água? Em uma cena de crime? Cen!

Ergui as mãos. — Desculpe. Tia Pearl acidentalmente deixou seu casaco cair na água. Na verdade, só uma parte do casaco caiu na água. Eu tinha que tirá-lo de lá.

Tyler arregalou os olhos ao colocar a mão no bolso direito do casaco. Ele ficou de boca aberta ao perceber que o bolso estava vazio e que estava usando um casaco diferente. — O casaco no banco de trás do meu carro? Onde exatamente está aquele casaco?

Meu coração bateu mais depressa quando pensei no anel de noivado que estivera no bolso dele. — Ahm... não se preocupe, ele está seguro. Na última vez em que o vi, estava no hotel, pendurado em um cabide no saguão para secar.

Nossos olhos se encontraram.

O olhar dele foi penetrante, provavelmente perguntando-se se eu sabia sobre o anel.

Foi difícil, mas mantive o rosto sem expressão. — Qual é o problema?

Ele franziu a testa. — Nada, deixe para lá.

Meu rosto ficou vermelho quando interrompi o contato visual.

Engoli em seco e mudei de assunto de volta para os McCoys. — Os McCoys saíram para jantar, mas e se resolverem sair da mansão mais cedo ao voltarem? É melhor voltarmos para a mansão.

— Você tem razão, vamos. Telefone para Ruby e peça a ela que nos encontre lá com as chaves para que possamos entrar.

CAPÍTULO 24

Quando Tyler e eu voltamos à mansão dos Rocklins, Mamãe e Tia Pearl já estavam esperando perto da porta da frente. Vovó Vi também estava lá, flutuando acima delas e gabando-se sobre o fato de eu ter removido a maldição.

— Não acredito em você. Prove. — Tia Pearl olhou para Vovó Vi, que flutuava a cerca de dois metros acima dela.

Aquilo era bastante confuso para Tyler, que não conseguia ver nem ouvir a parte fantasmagórica de Vovó Vi da conversa. Ele sussurrou: — Por que Pearl está falando sozinha?

— Explicarei mais tarde. — Acenei para que Mamãe destrancasse a porta, segurei o braço de Tyler e levei-o para perto da casa.

Tia Pearl andou depressa na nossa direção. — Você não deveria ter se arriscado a vir aqui, Cendrine. Acha que cancelou a maldição, mas só deixou as coisas piores. Não precisamos de mais acidentes e deveríamos ir embora agora, enquanto ainda podemos.

Mamãe a ignorou e virou a chave na fechadura. Ela acenou para que Tyler a abrisse.

— Chega de conversa fiada. — Tyler virou a maçaneta e abriu a porta da frente. Ele nos levou para dentro de um saguão escuro. Entrei primeiro, seguida de Mamãe e Tia Pearl. Mamãe ligou as luzes do saguão. Tyler fechou a porta e seguiu-me enquanto eu andava pelo corredor.

— Por que estamos indo para a cozinha? — perguntou Mamãe. — Tudo aconteceu do lado de fora.

Subitamente, até mesmo Tyler pareceu cético. — Cen tem uma teoria.

— É claro que tem — resmungou Tia Pearl. — Cen acha que é mais esperta que o restante de nós.

— Tenho quase certeza de que achei alguma coisa. — Andei até a parte de trás da cozinha grande e apontei para a porta fechada da despensa. Só torci para que não fosse tarde demais. — Abra para mim, por favor.

Tyler tirou um par de luvas de látex do bolso do casaco e calçou-as, virando cuidadosamente a maçaneta. A porta se abriu para uma sala comprida, com armários do chão ao teto em um lado e prateleiras abertas no outro lado. Na extremidade oposta da sala, havia um freezer vertical grande. Ele era de aço inoxidável com duas portas e uma gaveta funda na parte inferior.

Tia Pearl olhou para a despensa espaçosa. — Uau, Ruby, você realmente exagerou. Balcões de granito na despensa, não é meio exagerado?

Mamãe suspirou. — Você não pode ser simpática, só para variar?

Tyler apertou os lábios. — Ok, e agora?

Apontei para o freezer. — Abra-o, por favor.

Ele abriu uma das portas do freezer e, em seguida, a outra. Elas estavam vazias. Ele se abaixou e abriu a gaveta inferior, tirando um galão de sorvete. Era de uma marca cara, vendida pelo Gas N'Go. Era o único item dentro do freezer e eu sabia que aquele sorvete com desconto era o mesmo do item 2 do recibo do Gas N'Go.

Senti uma onda de alívio pelo fato de que meu palpite se provara correto sobre o item 2 do recibo.

— O que um galão de sorvete de chocolate tem a ver com alguma coisa? — perguntou Mamãe. — Você não está pensando seriamente em comer o sorvete deles, está? Eles ainda nem foram embora.

— Tenha um pouco de paciência comigo, Mamãe. — Virei-me para Tyler. — Leve o galão para a cozinha, vou pegar uma colher.

Seguimos Tyler para fora da despensa e até a cozinha.

Tia Pearl disse: — Ela já jogou a dieta pela janela e decidiu entrar em um frenesi de comida.

Mamãe franziu a testa. — Sério, Cen, você pode comer todo o sorvete que quiser em casa.

Tia Pearl tinha que ter a última palavra. — Há! Você é fraca! Eu sabia que não tinha força de vontade nenhuma.

Eu as ignorei ao andar em direção à ilha da cozinha.

Tia Pearl era persistente. — Cen tem desejo de morrer, Ruby. Quanto mais tempo ficamos aqui, maior o perigo em que estamos. Precisamos realmente sair daqui antes que algo terrível aconteça.

Mantive a voz calma, apesar de estar perto de perder a paciência. — Eu já lhe disse, a maldição foi removida.

— Do que você está fal...? — Tyler parou no meio da frase ao pensar melhor sobre jogar uma isca para Tia Pearl. Ele colocou o galão de sorvete sobre o balcão de mármore na ilha da cozinha e olhou para mim.

— Nada vai acontecer com nenhum de nós. Luvas? — Estendi a mão.

Tyler tirou um par de luvas de látex do bolso e entregou-o a mim. Eu as calcei e, em seguida, vasculhei as gavetas e os armários até encontrar uma colher para sorvete e uma tigela grande.

Tia Pearl balançou a cabeça. — Você está agindo como uma lunática, Cendrine. A maldição fez com que você perdesse o juízo.

— Encontrei um recibo do Gas N'Go de alguns itens comprados na noite anterior, logo antes de a loja fechar. Jason McCoy comprou um bloco de gelo, um galão de sorvete de chocolate e um outro item que não consegui identificar. Está vendo um bloco de gelo neste freezer?

— Não, mas não é o único da casa. — Mamãe apontou para o refrigerador da cozinha, uma versão menor do freezer da despensa. — A gaveta de baixo é um congelador.

Tyler andou até o refrigerador e abriu a gaveta. Ela estava vazia, exceto por uma bandeja de cubos de gelo. Ele a fechou. — Nenhum bloco de gelo aqui.

— Quem se importa? Talvez eles já o tenham usado. — Tia Pearl bateu o pé impacientemente. — Podemos ir agora?

— Consigo entender comprar cubos de gelo para bebidas — comentou Mamãe. — Mas um bloco de gelo no meio do inverno não faz muito sentido. É fevereiro e está tudo congelado lá fora.

— Exatamente. — Coloquei o galão de sorvete na ilha da cozinha e tirei a tampa cuidadosamente com a mão enluvada. Virei o galão de lado para que todos pudéssemos ver o conteúdo.

O sorvete de chocolate estava liso e intocado, sem sinais nem marcas de colher. O galão ainda estava cheio, mas havia uma característica incomum. Ele tinha uma camada de gelo por cima, como se o sorvete tivesse derretido parcialmente e congelado novamente.

Comecei a tirar o sorvete do galão, colocando as colheradas na tigela. — Precisamos chegar ao fundo disto.

Tia Pearl bateu o pé no chão. — Leve seu apetite esganado para outro lugar, Cendrine! Não vai comer nada nesta casa amaldiçoada.

Eu a ignorei e continuei tirando o sorvete do galão e colocando-o na tigela. Eu já estava na metade do galão, com a ponta dos dedos coberta de chocolate. Comecei a tirar o sorvete mais depressa até que a colher bateu em algo no fundo do galão.

Por baixo de todo o sorvete, havia um plástico com letras azuis e brancas. Raspei o sorvete, lentamente descobrindo o plástico o suficiente para ler o que estava escrito. O saco plástico que antes contivera um bloco de gelo estava dobrado no fundo do galão de sorvete. A emoção da revelação foi como encontrar um brinde em um saco de salgadinhos ou uma surpresa em um ovo de Páscoa.

Ergui o galão quase vazio. — Prova da arma do crime. Ou, pelo menos, a embalagem em que ela veio.

A boca de Mamãe formou um O quando a ficha caiu. — Steve foi atingido com um bloco de gelo?

Assenti e virei-me para Tia Pearl. — Lembra-se de como a piscina tinha locais quentes e frios quando você colocou a mão nela?

Tyler arregalou os olhos, chocado. — Pearl também colocou a mão na piscina?

— Mentira — retrucou Tia Pearl. — Cen fez exatamente a mesma coisa quando estava tentando achar o an...

Dei um salto e coloquei a mão sobre a boca de Tia Pearl. — Nós duas tentamos pegar seu casaco e, agora, está tudo bem.

Tyler nos encarou desconfiado. — O que está acontecendo entre vocês duas?

— Isso não é importante agora — respondi. — O assassino atingiu Steven na cabeça com um bloco de gelo. Depois, derreteu a arma do crime, sem deixar rastros na piscina além de alguns pedacinhos de gelo flutuando na superfície, que todos nós confundimos com congelamento da superfície.

Tyler tirou o telefone do bolso e foi até a janela. Ele contou o que encontramos à médica legista e perguntou a ela se o ferimento da cabeça de Steve combinava com um bloco de gelo. Alguns minutos depois, ele voltou — Ela disse que essa arma do crime combina com o ferimento.

Tyler andou alguns passos para continuar o telefonema com a médica legista com privacidade.

Mamãe sorriu. — Você é brilhante, Cen. A arma do crime derreteu, sem deixar provas nem impressões digitais. Mas não entendi uma coisa: não demoraria bastante para que um bloco de gelo derretesse? A temperatura lá fora está abaixo de zero. Como alguma coisa derreteria no inverno?

— A piscina é aquecida — respondi. — Na verdade, a temperatura estava no máximo. Steven tinha ajustado antes a temperatura para que ficasse quente o suficiente para nadar. Só o que o assassino teve que fazer foi colocar a temperatura no máximo. Porém, você tem razão. Demoraria um tempo para derreter um bloco de gelo muito grande, provavelmente uns quinze ou vinte minutos. O que encontramos na piscina provavelmente eram apenas fragmentos de gelo. Lembra-se de que você viu a torneira da cozinha ainda aberta, Mamãe? Acho que o bloco de gelo foi derretido lá, embaixo da água quente. A prova literalmente desceu pelo ralo.

CAPÍTULO 25

yler terminou o telefonema e voltou para a cozinha.

— O assassino tinha que ser pelo menos da mesma altura de Steve para atingi-lo na cabeça — disse Mamãe a ele. — Mais forte que eu, pois certamente não consigo levantar um bloco de gelo acima da cabeça. Você já me descartou, delegado?

— Não posso confirmar nem negar, Ruby — respondeu Tyler. — Mas você tem razão. Alguém bem forte matou Steve. Provavelmente foi um homem.

— Jason discutiu com Steve logo antes da morte dele — disse Mamãe. — Jason também foi demitido do programa.

— Também poderia ter sido Lucky. — Expliquei a conversa entre Lucky e Jason que eu ouvira no Ponto do Feitiço. — Ele estava falando sobre um trabalho com Jason. Acho que Jason queria contratá-lo para alguma coisa que não fosse cuidar de um bar.

Tia Pearl balançou a cabeça. — Por que acha que ele está envolvido? Lucky estava trabalhando e você sabe disso, Cen.

— Só estou explorando todas as possibilidades e a conversa deles foi suspeita, considerando a morte de Steve logo depois — retruquei. — O assassino conhecia os hábitos de Steve e que ele estaria nadando

148

na piscina. Poderia ser alguém próximo de Steve ou uma pessoa próxima que contratou alguém.

— Todos conhecem Steve e seus hábitos por causa do programa de TV — destacou Tia Pearl.

Mamãe franziu a testa. — É verdade, mas os exercícios de natação dele eram novos. Ele disse a Cen e a mim que começara a nadar em janeiro como uma resolução de Ano Novo. Eles planejavam revelá-lo em um episódio futuro, mas ele nunca falou sobre nadar no programa. Eu sei porque vi todos os episódios.

A obsessão de Mamãe pelos McCoys Reais era pior do que eu pensara. No entanto, a declaração dela só confirmava que o assassino tinha uma informação que poucos conheciam.

— Ruby tem razão. Apenas as pessoas do círculo interno dele sabiam que ele nadava — disse Tyler.

Eu disse: — O assassino seguiu Steve até a piscina e atingiu-o na cabeça com o bloco de gelo quando ele chegou à borda da piscina. Quando Steve lutou, o atacante o atingiu repetidamente até que ele morresse. O assassino empurrou o corpo para dentro da piscina.

Mamãe soltou uma exclamação. — O assassinato perfeito com uma arma do crime que derreteu.

Tia Pearl emitiu um som de desprezo. — Isso é tão fantasioso que é inacreditável. Por que não havia pegadas? Porque é uma maldição, é por isso.

— Há uma explicação simples — disse eu. — O assassino derramou água quente no pátio para apagar seus rastros ao andar de volta para a casa.

Tia Pearl balançou a cabeça negativamente. — Suas teorias ficam mais malucas a cada minuto, Cendrine. Você e os esquemas de enriquecimento rápido de Ruby arruinarão todos nós.

Mamãe revirou os olhos, mas ficou em silêncio.

Era difícil ignorar Tia Pearl, mas continuei.

— O assassino ainda tinha que se livrar do saco em que o gelo veio. Quem procuraria em um galão de sorvete cheio de sorvete? No fim das contas, ninguém. Nem mesmo os investigadores de Shady Creek. O assassino transferiu o sorvete para outro recipiente, como acabei de fazer. Ele o colocou no micro-ondas para liquefazê-lo, colocou o saco de gelo vazio no fundo do galão e depois derramou o sorvete derretido de volta no galão para cobrir o saco. Depois, guardou o galão de sorvete no freezer para congelá-lo de novo.

— Há alguma forma de saber quem entrou e saiu daqui? — perguntou Mamãe.

— Há câmeras na propriedade. Porém, infelizmente, a câmera no portão de entrada estava desligada — respondeu Tyler. — O que também aponta para o fato de que foi um trabalho interno. Alguém planejou isso. Quem matou Steve se lembrou de desligar aquela câmera, mas não as outras.

— E as outras câmeras? — perguntou Mamãe.

Tyler balançou a cabeça negativamente. — Elas também não registraram nenhuma atividade. Infelizmente, elas não cobrem todas as partes da propriedade e nem todas as câmeras estavam funcionando. É bem possível que alguém tenha vindo e depois ido embora sem ser detectado. Na verdade, deve ter sido isso que aconteceu, pois não encontramos nenhum invasor nos vídeos.

— Nenhuma câmera na área da piscina? — perguntei. — Certamente deveria haver uma no portão da piscina.

Tyler balançou a cabeça negativamente. — Sinto muito, mas não.

Tia Pearl bateu o pé no chão, frustrada. Ela sacudiu o dedo para Mamãe. — Suas câmeras nem funcionam. Sua magia fajuta arruinou todos nós para sempre, Ruby.

O rosto de Mamãe ficou vermelho de raiva. — Minha "magia fajuta" paga a hipoteca, Pearl.

Tia Pearl continuou: — Você está arruinando nossa reputação e afastando bruxas alunas da Escola de Encantamento de Pearl. Nunca conseguiremos nos recuperar.

Tyler ficou entre Mamãe e Tia Pearl, e estendeu as mãos com a palma para fora. — Parem de discutir e concentrem-se. A câmera do portão da frente teria ajudado, mas há outras formas de determinar quem esteve e quem não esteve aqui.

— Muito bem, delegado. Apresse-se e diga-nos. — Tia Pearl cruzou os braços e bateu o pé no chão. — Estou esperando.

Tyler respirou fundo. — É verdade que apenas umas poucas pessoas são fortes e altas o suficiente para matar Steve. Também é verdade que um pequeno número de pessoas tinha motivo e oportunidade para matá-lo. No momento, vamos nos concentrar apenas no motivo. Quem se beneficia com a morte de Steve?

— Jason estava furioso por ter sido cortado do programa, além de ter um vício caro em drogas — disse Mamãe. — Deve ter sido ele.

— Por que matar apenas Steve e não Serena também? — perguntei.

— Ele provavelmente a mataria depois — respondeu Mamãe.

— É possível — comentou Tyler. — Mas acho que ele queria terminar com tudo assim que possível. Ele teria esperado até que os três estivessem juntos sozinhos para matar os dois. Você também poderia ter sido morta, pois é quase certo que interrompeu o assassino. Acho que era com ele que você estava falando. Consegue se lembrar claramente da voz? Quem fingiu ser Steve poderia ter sido Jason, por exemplo?

— E-eu não tenho certeza. Estava ouvindo as palavras, não tanto a voz — respondeu Mamãe.

— Não acho que foi Jason — disse Tyler. — Seria mais provável que ele roubasse dos dois, pois matá-los seria como matar a galinha dos ovos de ouro. Não importa o quanto está furioso, ele não tem mais ninguém. Depende financeiramente deles e, por causa disso, os McCoys Reais continua a dar dinheiro. Esse dinheiro evapora com a morte de Steve. Qualquer um da equipe teria a mesma desvantagem.

— Quando ouvi Jason e Lucky conversando, pareceu muito que Jason queria contratá-lo para fazer algo ilegal — comentei. — Além disso, Lucky estava aqui na propriedade logo depois da morte de Steve. Ele deveria estar cuidando do bar no Ponto do Feitiço, mas não sei quando saiu de lá.

— Lucky poderia estar fazendo isso para Jason — disse Tyler —, mas o resultado final seria o mesmo: o dinheiro de Jason seca.

— Poderia ser um triângulo amoroso — comentei. — Talvez Serena quisesse Steve fora do caminho.

— Mas, sem Steve, o programa seria cancelado — disse Mamãe.

— Não se ela tivesse outra pessoa para contracenar — retruquei. —

É um *reality show* que se alimenta do conflito. É como uma luta de estrelas. É apenas um programa para fins de entretenimento. Basta alguém disposto a jogar. Alguém que fará coisas absurdas, contracenará com o personagem de Serena, que abaixará a cabeça para ela, que seja atraente, que seja tão interessante como Steve. Alguém como...

— Danny Nastasio! — disseram Mamãe e Tia Pearl em uníssono.

— Vocês viram como aquele homem olhava para ela? — exclamou Mamãe. — Eu queria um homem que me olhasse daquele jeito.

Tia Pearl assentiu. — Aposto como ele faz muito mais do que apenas dirigir o carro dela. Aquela história de fazer compras na loja de Bunny é simplesmente ridícula. Quem, de verdade, passaria 45 minutos naquela loja? Foi só para fabricar um álibi.

Fiquei de boca aberta, chocada com a mudança súbita de opinião de Tia Pearl.

Tyler mordeu o lábio inferior. — Faz bastante sentido. Um divórcio ameaça a continuação do programa, pois é sobre duas pessoas casadas. Além disso, Serena teria que dividir financeiramente tudo com Steve. Se Serena fica viúva, ela herda a metade de Steve e provavelmente ganha um belo seguro de vida.

Eu assenti. — O álibi de Bunny não é tão confiável por causa da memória falha dela. Porém, e o fato de Abby, Danny e Serena estarem confirmando o álibi uns dos outros? Eles corroboram uns aos outros, mas e se for só para encobrir um assassinato? — Eu tinha uma ideia, mas precisava da ajuda de Tyler para prová-la.

CAPÍTULO 26

$\mathcal{T}$yler telefonou para a polícia de Shady Creek para vigiar Serena e sua equipe, que jantavam em um restaurante caro na cidade. A polícia tinha instruções para retardar a partida deles por pelo menos uma hora. Enquanto isso, Tyler e eu estávamos no escritório dele, analisando os vídeos das câmeras de segurança de fora da loja de Bunny e da cafeteria ao lado.

Era claro na câmera de Bunny que o Mercedes de Serena não saíra da vaga do estacionamento do lado de fora da loja de roupas, dando às duas mulheres o que parecia ser um álibi sólido. Porém, não era claro se alguém entrara ou saíra do Mercedes, pois apenas a parte traseira do SUV aparecia no vídeo.

Tyler conseguira os vídeos de segurança das lojas vizinhas. Ele abriu os vídeos, uma câmera de cada vez. Depois de passar por várias câmeras, não encontrou nada de importante. Serena e Abby eram vistas entrando na loja. A Mercedes não saiu do estacionamento em momento algum. Havia três lojas com câmeras de segurança que capturaram movimento na loja de Bunny e em volta dela. Nenhuma mostrou nada além e Serena e Abby entrando na loja e sua partida duas horas depois.

Era difícil fazer compras por mais de dez minutos na loja de Bunny. Duas horas era uma eternidade para ver os produtos na loja minúscula. Mesmo dando tempo para que conversassem com Bunny, elas deveriam ter saído de lá em vinte minutos.

Havia mais quatro lojas com câmeras de segurança, mas que não ficavam viradas para a loja de Bunny. Tyler acelerou a reprodução enquanto observávamos atentamente. Era um trabalho tedioso, mesmo com a velocidade acelerada.

Trinta minutos depois, Tyler clicou no vídeo da câmera de segurança do lado de fora da cafeteria de Molly. A cafeteria ficava logo depois da esquina da loja de Bunny. Ela ficava nas proximidades da loja, mas não tinha visão da loja propriamente dita.

Havia vários veículos estacionados na rua, dentre eles uma van branca parada na frente da cafeteria. A van me chamou a atenção porque era um modelo do ano atual. A maioria das pessoas em nossa cidade não muito próspera dirigia carros com pelo menos dez anos de idade, portanto, a van branca realmente se destacava.

Bati de leve na tela. — Pode pausar e aproximar a imagem? Aquela van parece exatamente como a van dos McCoys Reais estacionada no nosso hotel.

Tyler aproximou a imagem da placa da van, que era de fora do estado. Ele anotou a placa antes de ir até a outra mesa. Momentos depois, ele voltou. — Você está certa, Cen. Aquela placa está registrada no nome da empresa de produção de filmagem dos McCoys.

Tyler reiniciou a reprodução do vídeo. Um minuto depois, a van saiu do estacionamento em frente à cafeteria. Ela fez a curva para entrar na Rua Principal e desapareceu de vista.

Observamos a vaga do estacionamento vazia permanecer vazia enquanto o vídeo avançava.

— Podemos voltar o vídeo até o momento em que a van foi estacionada? — Torci para conseguir ver o motorista.

Tyler balançou a cabeça negativamente. — Essa câmera em particular começou bem aqui, com a van já estacionada. A cada 24 horas, ela grava constantemente novos vídeos por cima dos antigos. Ainda temos mais algumas câmeras para ver. Talvez elas tenham mais alguma coisa.

— Isso significa que o motorista já estava no carro às 10h30, quando a câmera começou a gravar. — Fiquei decepcionada por não conseguir ver ninguém entrando na van. As pessoas iam e vinham na calçada, mas a vaga do estacionamento permaneceu vazia pelo que pareceu uma eternidade.

Subitamente, a van branca voltou, parando na mesma vaga em frente à cafeteria.

— Voltou! — disse Tyler. — Ela ficou fora por quase duas horas. Claro, pode haver uma explicação lógica para isso.

— Depende de quem está dirigindo — retruquei.

Todos tinham estado tão concentrados no Mercedes para corroborar os álibis que os movimentos dos outros veículos não tinham sido analisados de perto. Até aquele momento.

— Pode aproximar a imagem nas janelas, Tyler?

Ele aproximou a imagem ainda mais. — Está granulada demais para ver alguma coisa, especialmente no lado do passageiro. Há alguém no banco do motorista, obviamente, pois essa pessoa acabou de estacionar a van. Qualquer um da equipe poderia ter um motivo válido para estar ali, mas é muita coincidência.

— A pessoa provavelmente sairá da van — disse eu. — Mas esta vista é do lado do passageiro. Há outro ângulo de câmera do outro lado da rua?

— Já achei. — Tyler clicou em outro arquivo e vimos a cafeteria de um ponto de vista que capturava o lado do motorista da van. Logo, um homem alto saiu do carro. Ele usava um boné abaixado sobre os olhos e um casaco escuro largo. A sombra dos prédios e o boné deixavam o rosto do homem escuro e difícil de identificar. Ele andou rapidamente até a esquina antes de desaparecer de vista.

Ele estava indo na direção da loja de Bunny. — Olhe como ele mantém os braços altos enquanto caminha. É um jeito muito peculiar de andar. Acho que é Danny Nastasio.

Tyler aumentou a imagem. — A constituição dele também parece similar. Danny alegou ter ficado estacionado do lado de fora da loja de Bunny o tempo inteiro. Portanto, se você estiver certa, isso acaba com o álibi dele. Ele poderia ter dirigido a van até o lado de fora da propriedade dos Rocklins e entrado andando sem ser detectado. Ele mata Steve, corre de volta até a van, dirige de volta para estacioná-la no mesmo lugar e anda até o Mercedes. Vou confirmar com mais lojas para ver se há alguma câmera de segurança que deixamos passar. Também pedirei que a equipe forense de Shady Creek volte aqui para coletar impressões digitais e DNA do galão de sorvete e do pacote do bloco de gelo. Eu não esperaria que as impressões digitais nem o DNA de Danny estivessem neles, pois sabemos que Jason os comprou. Quer dizer, a não ser que Danny tenha servido o sorvete ou guardado as compras. Pedirei a eles que coletem também DNA do restaurante de Shady Creek onde eles estão jantando agora. Demorará um pouco para confirmar o DNA, mas, com sorte, as impressões digitais nos darão uma confirmação preliminar que será suficiente para levar isto adiante.

O telefone de Tyler tocou. Ele olhou para o aparelho e de volta para mim. — Tenho que atender, é a médica legista.

Assenti e concentrei-me novamente na tela. Tinha que haver algo mais definitivo nos vídeos. Um bom advogado provavelmente conseguiria explicar as impressões digitais e o DNA. E, se isso acontecesse, não haveria um caso. Mesmo se a médica legista mudasse de ideia sobre a causa da morte, ainda seria uma batalha para fazer uma denúncia apenas com provas circunstanciais.

Serena também faria pressão. O programa Os McCoys Reais tinha dez milhões de espectadores. Gostando ou não, uma base de fãs tão grande poderia influenciar se haveria ou não uma denúncia, e que denúncia seria. A morte de Steve seria explicada no programa, um programa que era assistido por milhões. Serena controlaria a narrativa e, portanto, as provas teriam que ser muito convincentes.

Aproximei a imagem da van novamente, torcendo para ver algo que não tínhamos visto antes. O sol claro fazia com que fosse impossível ver o interior da van. Mas o motorista estava envolvido de alguma forma com os McCoys, pois a van estava registrada no nome deles. O motorista não era da cidade e talvez alguns residentes se lembrassem de vê-lo.

Tyler entrou correndo no escritório, sem fôlego. — Pegue seu casaco, você vem comigo.

O que ele disse em seguida mudou tudo.

CAPÍTULO 27

— $\mathcal{A}$ médica legista agora mudou oficialmente a causa da morte de indeterminada para homicídio por trauma por força contundente, com base na prova do bloco de gelo. Ela confirmou que o tamanho e o formato correspondem ao ferimento na cabeça de Steve.

Os flocos de neve esparsos se transformaram em neve pesada enquanto íamos em direção a Shady Creek. A polícia de Shady Creek esperava a chegada de Tyler. Quando isso acontecesse, Serena, Jason, Danny e Abby seriam chamados para ir à delegacia e fornecer depoimentos sobre a prova recém-descoberta. Os pneus do Jeep escorregaram na estrada cheia de neve quando fizemos uma curva.

Eu me segurei na maçaneta da porta para me equilibrar enquanto derrapávamos. — Devagar, Tyler, eles não vão a lugar algum.

Ele franziu a testa e virou-se para mim. — Não tenha tanta certeza. Alguém disse a eles que estávamos na casa. O policial disfarçado na mesa ao lado ouviu quando estavam debatendo se deveriam voltar hoje à noite. Todos têm risco de fugir. Serena falou sobre alugar um jatinho para saírem de lá. Na verdade, Abby está telefonando para algumas empresas locais no momento para ver se consegue um jatinho.

O restaurante ficava a quase um quilômetro da interestadual e a uma distância semelhante do aeroporto regional. Estávamos a pouco mais de trinta quilômetros em uma estrada rural, com poucas chances de pegá-los a tempo.

— A polícia de Shady Creek não pode detê-los?

— Eles não podem deter um grupo de pessoas sem um bom motivo. Não sem prendê-las.

— Acha mesmo que alguém vai decolar com este clima? — O aeroporto de Shady Creek normalmente fechava quando havia uma tempestade.

— Espero muito que não, Cen, mas, com dinheiro, provavelmente alguém aceitará. Serena também vem falando com o advogado dela sobre um processo judicial de morte acidental. Ela quer processar Ruby e a cidade. Westwick Corners não tem dinheiro para enfrentar um processo judicial. Teríamos que fazer um acordo, o que levaria a cidade à falência.

— Ela está usando o processo judicial como uma técnica de distração — comentei. — É uma tática de medo para que você não investigue nenhum outro ângulo além de morte acidental.

— Não vai funcionar — retrucou Tyler. — O comportamento dela é certamente incriminador para uma esposa que deveria estar de luto. Por que ela sequer consideraria proteger alguém que poderia ter matado o marido dela?

Eu assenti. — Não acho que Jason matou Steve. Não acho, nem por um minuto que Serena, a madrasta dele, o apoiaria financeiramente depois da morte de Steve e acredito que Jason saiba disso. Serena também não o protegeria.

— Acha que alguém pediu a Jason para comprar o gelo?

Eu assenti novamente. — Acho. As únicas pessoas que conseguem dar ordens a Jason são Serena e Steve. Um deles provavelmente pediu a ele que comprasse algumas coisas na loja.

— Mas as ações dele não foram explicadas e você viu que o carro dele não estava mais no estacionamento do Ponto do Feitiço.

— Sim — concordei. — Mas eu o tinha visto no bar apenas minutos antes. Isso não deixaria tempo suficiente para matar Steve, derreter o gelo e esconder o saco no freezer. Ele parece o suspeito óbvio, mas acho que estão tentando incriminá-lo.

— Você acha que Serena...?

Eu assenti. — Danny Nastasio é muito mais do que apenas um funcionário leal. Acho que ele está envolvido romanticamente com Serena. Você notou a forma como ele olha para ela? Quero dizer, ela é linda, mas é mais que isso.

— Acha que ele está apaixonado por ela? — perguntou Tyler.

— Não é óbvio? A forma como ele está sempre por perto. Porém, diferentemente de Abby, ele só fica em segundo plano para não chamar a atenção para si mesmo. Ele é o terceiro em um triângulo amoroso e está cansado disso. É um motivo forte para assassinato.

Tyler assentiu. — Um amante ciumento. Mas ele tem menos a ganhar do que Serena. Com Steve morto, ela não precisa se divorciar. Ela provavelmente queria sair do relacionamento sem levar um baque financeiro. Nem uma batalha por custódia, já que eles não têm filhos juntos.

— Nenhum filho, mas o *reality show* é meio que um bebê deles, pois eles o começaram juntos do nada e transformaram-no em um império multimilionário. Eles poderiam ter discordado da direção do programa, da propriedade intelectual ou da comercialização. Não seria a primeira vez. Sei que Steve objetou à saída de Jason do programa, mas aconteceu mesmo assim. Depois de certo tempo, ele aceitou, mas é Serena quem toma as decisões.

— Além disso, Abby deixou escapar que Steve seria retirado do programa no ano que vem. Não consigo imaginá-lo saindo de forma voluntária. Aquele programa era um trem da alegria para os dois. Por que mais ele diria que a natação seria parte da temporada seguinte? Não há dúvidas de que Serena é mais popular que Steve, mas ela ainda precisa dele para equilibrar seu comportamento psicótico. As pessoas assistem ao programa todas as semanas porque são viciadas em ver o relacionamento disfuncional deles.

— Isso tornaria o assassinato dele premeditado — disse Tyler. — Se Serena já tinha tirado Steve do programa porque sabia que ele estaria morto na próxima temporada, isso é bem incriminador. Fico imaginando se a ideia de nadar foi dele ou dela. Talvez possamos encontrar um roteiro que prove isso. Quanto mais provas tivermos, mais forte será o caso.

Ao entrarmos no estacionamento do restaurante, fiquei aliviada ao ver que o Mercedes branco ainda estava estacionado do lado de fora. Também não deixei de notar um carro de polícia com chapa fria com dois policiais disfarçados dentro dele estacionado ali perto.

CAPÍTULO 28

O burburinho de conversa dentro do restaurante lotado subitamente parou. As pessoas se viraram em direção às vozes altas. Algumas delas reconheceram a celebridade no salão. Duas outras, percebi, eram policiais disfarçados. O homem e a mulher, com trinta e poucos anos e em boa forma, estavam sentados do outro lado do corredor, uma mesa atrás. Eles estavam prontos para entrar em ação assim que fosse necessário.

— Vocês são loucos! — gritou Serena. — Os produtores tiraram Steve do programa porque ele estava agindo de forma muito errática ultimamente. Estava ficando cada vez mais difícil filmar cada episódio sem que Steve perdesse o controle. Diga a eles, Abby.

Abby mordeu o lábio inferior, claramente desconfortável com o pedido de Serena. — Sei que o roteiro foi mudado na semana passada. Steve seria substituído por um novo ator.

Franzi a testa. — Um novo ator? É um *reality show* sobre casamento. Por que, então, queria que providenciássemos a renovação dos votos?

Abby deu de ombros. — Isso é confidencial. Não posso lhe dizer mais que isso.

Serena revirou os olhos. — Os McCoys Reais é apenas um programa sobre amor e todos os seus altos e baixos, e queríamos nos aposentar enquanto estávamos no topo. Isso era parte de dar um tempo e envolvia escrever os capítulos finais do nosso relacionamento na tela. Não tem nada a ver com nosso relacionamento na vida real. Só porque é um *reality show* não significa que ele segue nossa vida de forma exata. Somos chatos demais na vida real. Você nos viu, Cen. Você assistiria àquilo como entretenimento?

Lembrei-me de nosso encontro mais cedo com Serena, Steve e Mamãe. Eles tinham parecido o casal perfeito, mas atores eram bons em fingir. — Não, claro que não.

— Fico feliz por termos esclarecido tudo. Vocês viajaram até aqui em uma tempestade de neve à toa. — Serena se virou para Abby. — Reserve quartos de hotel aqui para passarmos a noite.

O policial disfarçado que estivera sentado ali perto se levantou e andou até a porta. Naquele momento, uma garçonete se aproximou com a conta e um pedido de autógrafo.

Danny se levantou e parou ao lado de Serena para esperá-la enquanto ela vasculhava a bolsa. Ele cruzou os braços e observou-nos sem expressão alguma no rosto.

Eu tinha mais certeza que nunca que ele era o motorista da van. A altura e o corpo musculoso eram únicos. Ele era alguns centímetros mais alto que Tyler e eram os braços musculosos que lhe davam o andar distinto com os braços para cima.

Serena largou o cartão de crédito sobre a mesa e autografou um guardanapo para a garçonete.

— Onde está Steve? — perguntou a garçonete. — Eu queria o autógrafo dele também.

Depois de alguns segundos de silêncio, Serena respondeu: — Ele está indisposto, portanto, receio que você esteja sem sorte. Não importa o que ouviu aqui, prometa que não dirá uma palavra.

Ela largou três notas de cem dólares sobre a mesa e levantou-se. — Fique com o troco. Abby, conseguiu um hotel?

— Não será necessário — disse Tyler. — Vocês todos virão comigo.

* * *

DEZ MINUTOS DEPOIS, Serena, Abby e Danny estavam sentados em salas de interrogatório separadas na delegacia de Shady Creek. Serena cedeu primeiro. Ela alegou que Danny tinha matado Steve em um ataque de fúria enquanto estava bêbado e que também a ameaçara. Quando isso não deu certo, ela barganhou com Tyler, oferecendo esquecer o processo judicial por morte acidental se ele desistisse da investigação. Ele recusou.

Eu estava em outra sala, assistindo ao interrogatório de Danny pela câmera. Tyler e um detetive de Shady Creek puxaram as cadeiras para mais perto de Danny. Foi Tyler quem falou. Sob interrogatório intenso, Danny foi reduzido a uma sombra do que fora antes. O motorista corpulento murchou na cadeira de plástico e cruzou os braços, olhando para o chão. Ele estava derrotado e sabia disso.

Tyler puxou a cadeira um pouco mais perto. — Temos os seus movimentos gravados em câmera, Danny. Temos provas de que você matou Steve, portanto, é melhor que você coopere.

— Eu não estava perto da casa. Eu já disse, estava esperando do lado de fora da loja de roupas. — Ele olhou em volta da sala em busca de uma rota de fuga, mas não havia nenhuma.

— Serena nos contou tudo — disse o detetive de Shady Creek. — Você planejou tudo isso e passará o resto da vida na prisão.

Danny balançou a cabeça negativamente. — Eu estava esperando no carro durante todo o tempo em que elas estavam fazendo compras. Posso provar.

O detetive se levantou e andou em direção à porta. Em seguida, segurou a maçaneta. — Temos provas contrárias a isso. Quer nos dar a sua versão?

— Não é uma versão. É só a verdade — disse Danny. — Eu já disse, não estava lá.

Por baixo do exterior durão de Danny, havia um homem apaixonado. — Houve algum tipo de confusão. Deixe-me falar com ela.

— Não. Mesmo se deixarmos, é uma péssima ideia, Danny. — O

detetive de Shady Creek se encostou na parede. — Não recomendo, especialmente porque ela está acusando você de assassinato.

Danny xingou baixinho. A cabeça dele ficou baixa por um minuto inteiro. Em seguida, ele ergueu a cabeça e encarou Tyler. — Eu não... Ele estava abusando dela. E, quando ela pediu o divórcio, ele ameaçou matá-la.

O detetive de Shady Creek deu uma risadinha. — Isso parece um verdadeiro episódio dos McCoys Reais. Ela é uma boa atriz, tenho que admitir. Você caiu no drama dela, não foi?

A voz de Danny estava incerta. — É real... vi os machucados. Serena tinha medo pela própria vida. Ela me implorou para ajudá-la.

— Ela pediu a você que o matasse? — perguntou Tyler.

— Ela, ahm... não disse exatamente essas palavras, mas eu sabia o que ela queria — respondeu Danny. — Eu tinha que ajudá-la. Se não ajudasse, nunca ficaríamos juntos.

— Você estava apaixonado por ela. — Tyler empurrou uma caixa de lenços de papel sobre a mesa em direção a Danny. — Há quanto tempo vocês têm um caso?

Danny suspirou. — Há mais de um ano. Ela estava se preparando para deixá-lo, mas ele descobriu sobre nós. Ele bateu nela. E ele me ameaçou. Ele ia matar nós dois.

— Ele confrontou você? — perguntou Tyler.

Danny balançou a cabeça negativamente. — Não diretamente. Mas Serena me disse que ele tinha descoberto sobre nós. Ela ficava dizendo que o deixaria, mas o programa...

— Você simplesmente acreditou na palavra dela sobre isso tudo? Ela estava manipulando você, Danny — disse o detetive de Shady Creek. — Ela manipulou você para fazer o trabalho sujo, para matar um homem inocente.

— Não! Não! Não é assim. Ela estava em perigo... nós nos amamos. — Danny pegou um lenço de papel e secou os olhos. — Ela não queria que ele morresse. Ela só queria se separar dele. Porém, ele não a deixava ir. Eu queria falar com ele sozinho, confrontá-lo sobre tudo. Fui sozinho porque Serena não queria que eu me envolvesse. Foi por isso que fui até lá enquanto Serena e Abby estavam fazendo compras. Eu queria assustá-lo, só isso.

O detetive disse: — Que fofo da sua parte. Está dando cobertura a Serena enquanto ela joga você na cova dos leões. Ela está culpando você de tudo, Danny. Você passará o resto da vida na prisão e ela encontrará um novo cara.

— Não. — Mas, pela primeira vez, Danny não parecia tão certo. A julgar pela linguagem corporal, ele estava genuinamente apaixonado por Serena e acreditava que ela sentia o mesmo.

— Você o matou, Danny — disse Tyler em tom suave. — Com o bloco de gelo que arrumou antecipadamente. Você planejou tudo. Premeditação é assassinato em primeiro grau.

— Eu não comprei o gelo. Ele já estava lá. Serena me disse para entrar pela porta da frente destrancada e pegar um bloco de gelo no freezer. Eu só queria assustar Steve, dar uma surra nele. — Danny fez uma pausa. — Eu mal encostei nele, mas subitamente ele estava caído no chão. Entrei em pânico e empurrei-o para dentro da piscina.

Serena, no mínimo, planejara o assassinato de Steve. Danny provavelmente era igualmente culpado, mas estava tentando se salvar de uma acusação de assassinato em primeiro grau. Quanto ao fato de Jason ter comprado o gelo, ele provavelmente era um cúmplice involuntário. Serena pediu a Jason que comprasse os itens na loja, sabendo muito bem que seriam usados contra o pai dele. Jason também providenciara um bode expiatório que poderia levar a culpa, mas Serena não contara com outras provas que apontavam para Danny.

Serena quase se safara com um assassinato perfeito, realizado pelo seu amante e com as provas apontando para o enteado. O intervalo quase impossivelmente curto também teria funcionado. Se Mamãe não tivesse encontrado o corpo de Steve na piscina, Serena teria uma descoberta tardia dele e a morte certamente teria sido considerada um acidente.

— Ela não ama você, Danny. Nunca amou. Ela nega que vocês eram amantes e alega que você agiu por conta própria. — Tyler esfregou o queixo.

— Você está mentindo! — Os olhos de Danny brilharam de raiva.
— Ela ia deixá-lo para ficar comigo.

O detetive de Shady Creek balançou a cabeça negativamente. —
Não de acordo com o que ela disse. Ela estava planejando demitir
você. Disse que você era ciumento, que tinha uma queda por ela e que
isso era constrangedor. Ela já tem um advogado e eles vão atrás de
você, filho.

— Ela não disse isso — disse Danny, com desespero na voz.

CAPÍTULO 29

Quando estávamos prontos para dirigir de volta para Westwick Corners, a neve parara, as estradas tinham sido limpadas recentemente e o sol nascera no Dia dos Namorados.

Reprimi um bocejo enquanto Tyler dirigia pela rodovia até o hotel. A equipe dos McCoys saíra do hotel depois de um café da manhã apressado, o que, por mim, não tinha o menor problema. Faziam vinte e quatro horas desde que eu dormira e não estava no clima de lidar com hóspedes.

Meu estômago, agora magro e esbelto, queria ovos, torradas e café.

No lado de dentro, fomos diretamente para a cozinha e enchemos os pratos com comida.

Servi uma xícara grande de café para mim e fui para a sala de jantar com o prato de café da manhã, cheio de ovos mexidos, torradas com manteiga e um bolinho de oxicoco. Eu tinha desistido da dieta. No curto tempo desde que a maldição fora removida, meu corpo voltara à forma pré-maldição. Suspeitei que, além da maldição, um dos feitiços de Tia Pearl fora responsável pela minha cintura mais larga. Porém, eu nunca conseguiria provar isso.

Tyler já estava sentado na ponta da mesa da sala de jantar, com uma expressão divertida no rosto enquanto escutava Mamãe e Tia Pearl discutirem.

— Admita que está errada e venda a propriedade dos Rocklins, Ruby.

— Não vou vender! Não há necessidade, pois Cendrine removeu a maldição.

Tyler franziu a testa. — Que maldição é essa sobre a qual todo mundo fica falando?

Tia Pearl colocou um dedo sobre os lábios. — Shhh! Dá azar só de falar nela.

Mamãe riu. — Pode falar o tanto que quiser porque ela não é de verdade. Porém, uma boa história sobre maldição é exatamente o que atrai turistas. Fico feliz por Cen ter feito a magia dela, mas eu nunca acreditei na maldição dos Rocklins. É só um mito.

Meus pensamentos vagaram enquanto eu bebia o café. Tudo estava bem de novo. Era Dia dos Namorados, Tyler e eu tínhamos planos para o jantar em um restaurante sofisticado e ele iria... Espere! Como ele poderia me pedir em casamento sem um anel de noivado?

Tyler se levantou e andou até a janela. — Podemos adiar nosso jantar, Cen? As estradas estão cheias de gelo e não estou com muita vontade de dirigir até Shady Creek de novo. Prefiro ficar aqui.

Era por causa da neve ou apenas uma desculpa por causa de um anel perdido?

— Claro. — Eu estava, ao mesmo tempo, aliviada e decepcionada. Pelo menos, isso me dava a chance de lidar com Tia Pearl e o anel perdido.

— Iremos outra hora. Hoje à noite, eu gostaria de preparar um jantar especial do Dia dos Namorados para você.

— Ora, ora, isso é novidade! — disse Tia Pearl em tom sarcástico.

— Na verdade, por que não preparo o jantar para todos nós? — disse Tyler sorrindo.

E foi o que ele fez.

CAPÍTULO 30

Com a maldição removida, consegui vestir meu belo vestido vermelho. Ele era ainda mais maravilhoso do que eu me lembrava e o zíper fechou com facilidade. Fiquei parada em frente ao espelho de corpo inteiro do meu quarto, feliz e um pouco aliviada por ter conseguido vesti-lo. Talvez estivesse até mesmo um pouco largo.

Dei uma última olhada e fui para a sala de jantar no andar inferior, onde a mesa estava posta com as melhores porcelanas de Mamãe. Havia salada Caesar, pão de alho recém-assado e várias tigelas fumegantes de legumes.

Tyler saiu da cozinha carregando uma tigela de fettucine com frango. Ele colocou a tigela na mesa e foi até o pé da escada. Ele me pegou nos braços e beijou-me. — Cen, você está linda.

Olhei para meu namorado maravilhoso com seu sorriso irresistível, pensando em como eu tinha uma sorte incrível.

Mamãe entrou na sala de jantar com uma tigela grande e Tia Pearl a seguia, com as mãos vazias.

Mamãe sorriu para Tyler ao colocar a tigela sobre a mesa. — Você nunca disse que sabia cozinhar.

— Não sou *gourmet* como você, Ruby. Seu talento é verdadeiramente mágico.

— Engraçadinho. — Tia Pearl pegou uma fatia de pão de alho do prato sobre a mesa e deu uma mordida.

— Você parece gostar da minha comida — comentou Tyler.

Fiquei maravilhada. — Onde encontrou tempo para preparar tudo isto? Quando teve tempo para fazer compras?

Tyler sorriu. — Sempre planejo com antecedência.

Houve uma batida na porta, Mamãe foi atender e voltou um minuto depois com o namorado de Tia Pearl, Earl. Ele se sentou ao lado de Tia Pearl, à frente de Tyler e eu. Mamãe se sentou na cabeceira da mesa e Vovó Vi flutuou acima da cadeira vazia na outra ponta da mesa, cantarolando uma música.

Aquilo seria divertido.

Era um jantar em família, em vez de um jantar romântico. Ou talvez fosse um pouco de cada. Amor romântico, amor de família, tudo ótimo. Tyler já era praticamente um membro da família e estava na hora de contar a ele sobre a vovó fantasma. Havia um momento e um lugar para tudo, mas aquele não era o momento certo.

Alguma coisa estava prestes a acontecer.

Earl se levantou e foi até a sala de estar. Segundos depois, ele voltou com um violão. Ele passou a tira sobre o ombro e andou em direção à mesa. Em seguida, parou ao lado de Tia Pearl e começou a tocar.

— Earl? O que está acontecendo? — O rosto de Tia Pearl ficou vermelho e ela arregalou os olhos.

Earl sorriu, com os dedos tocando as cordas enquanto cantava:

O amor está no ar,
O amor está no ar,

Eu não sabia
O quanto eu ligaria,
Até o amor estar no ar

. . .

COLLEEN CROSS

Eu não vi, *no entanto,*
   Que você se importava tanto
   Até o amor estar no ar

O amor está no ar,
   O amor está no ar,

Um sentimento sem par,
   Você vai me esperar?

Eu vou *te respirar*
   Seu coração eu vou ganhar,
   Agora que o amor está no ar

O meu abraço *é certo*
   Sempre que estiver perto,
   Agora que o amor está no ar

O amor está no ar,
   O amor está no ar,

Nosso caso secreto,
   Para todos tão concreto
   Com muito amor no ar

Meu coração ainda bate,
   Quando vou ao seu resgate

Agora que o amor está no ar

Eu RESPIRO FUNDO,
   E prometo num segundo
   No sentimento profundo
   Deste caso de amor

Eu PEGO SUA MÃO,
   E não te largo mais, não
   Pois o amor está no ar.

TIA PEARL FICOU CORADA. — Ora, Earl, pare com isso.

— Que lindo, Earl. — Mamãe juntou as mãos, com os olhos cheios d'água. — Foi você quem escreveu?

Earl olhou para Tia Pearl antes de responder: — Foi uma música que compus.

Bati palmas. — Eu não sabia que você escrevia músicas, Earl. É muito linda. Você é um compositor tão talentoso quanto músico.

— Eu ahm... não escrevi a letra. Pearl escreveu. Eu só compus a música.

— Pearl escreveu uma música de amor? — Mamãe arregalou os olhos. — E-eu não acredito!

Tia Pearl disse: — Não é uma música de amor, Ruby. Só rimei algumas palavras. Não vejo por que é tão importante.

Mamãe riu. — É muito importante, Pearl. É tão... ahm... romântica.

— E por que é engraçado? É só uma música idiota. — Tia Pearl saltou da cadeira. — Não era para você falar para ninguém, Earl.

— Bom, acho que o segredo foi revelado agora. — Earl colocou a mão gentilmente no braço de Tia Pearl. — Não fique brava, Pearl.

Pearl abriu a boca, mas não disse nada. Ela parecia atordoada. — Vou buscar a sobremesa.

173

Eu ri. — Mas nem comemos o jantar ainda!

Tia Pearl me encarou friamente antes de fugir rapidamente para a cozinha.

Tia Pearl estava constrangida pelo pedido de Earl ou porque ele fizera isso na frente de todos nós?

— Vocês dois acharam mesmo que estavam mantendo as coisas em segredo? — Tyler riu. — Todos nós sabíamos que isso aconteceria.

Earl deu de ombros. — Foi Pearl que quis manter as coisas assim. Ela disse que isso arruinaria a reputação dela. Mas eu disse que fingir só impede a verdadeira felicidade.

Earl era a única pessoa no mundo que podia desafiar Tia Pearl e sair impune.

Ele deu uma piscadela. — Ela pode fugir, mas não pode se esconder. Eu tinha que fazer o pedido na frente de todo mundo para que ela não fingisse que não aconteceu. Com um pouco de sorte e coação, acho que ela concordará com meu jeito de pensar.

A porta da cozinha abriu e Tia Pearl passou com o bolo de ganache de chocolate de Mamãe. Ela o colocou no centro da mesa e sentou-se, evitando o contato visual com todos, incluindo Earl.

Ele se virou para ela. — Pearl, você...

Ela colocou a mão sobre a boca. — Aqui não, Earl.

Ele a ignorou e cantou: — *Pearl, por favor, quer...*

Ela acenou com a mão em protesto, mas os cantos de sua boca subiram em um sorriso. — Pare antes de bancar o tolo. Vocês todos, podem comer o bolo.

Earl tocou alguns acordes no violão, em uma melodia mais rápida:

"Pearl, Pearl,
Sem você eu não consigo
Me faz um favor,
Vem aqui ficar comigo.
Vem, Pearl!
Diz que sim..."

. . .

O ROSTO de Tia Pearl estava tão vermelho que quase correspondia ao vermelho da roupa dela. — O quê?

Earl piscou para ela. — Você sabe o que estou pedindo, Pearl. — Ele começou a tocar o violão de novo, com a voz aumentando:

"O NOSSO CASO SECRETO,
Cada dia mais concreto
Pois o amor está no ar."

EARL FEZ uma pausa e esperou uma resposta.

A sala estava completamente em silêncio.

— Ai, Earl, pode parar, por favor?

Earl, sempre persistente, continuou a tocar:

"DIZ QUE SIM, mas diz já
Não aguento esperar
Porque o amor..."

— OK, ok, está bem. Você não aceita um não como resposta, então está bem, que seja do seu jeito. Sim! Agora você pode, por favor, parar? — Tia Pearl fez um movimento com a mão para Earl como que para espantá-lo para longe com o violão.

Mamãe colocou a mão sobre a boca. — Isto é o que acho que é?

Earl sorriu. — Não sei o que está pensando, Ruby, mas provavelmente está certa.

— Earl, por favor! — Tia Pearl olhou em volta da mesa, claramente mortificada pelo pedido de casamento que acontecera na frente de todos nós. Ela olhou para o rosto de cada um de nós para medir nossa reação antes de baixar o olhar para o prato.

Earl parecia desolado. Ele mordeu o lábio, claramente não esperando a reação de Tia Pearl.

Todos na sala sabiam que a música de Earl era um pedido de casamento disfarçado.

Incluindo Tia Pearl.

Por que ela ignorava a mágoa de Earl?

Depois de um momento, ela disse: — Nossa. está bem, Earl. Largue essa droga de violão e coma seu jantar.

Earl abriu um sorriso largo ao se levantar. Ele andou até a parede e encostou o violão contra ela, voltou à mesa e sentou-se. — Sabe que farei qualquer coisa por você, Pearl.

— Que homem mais fofo! Não deixe que ele escape, Pearl! — disse Mamãe rindo.

Vovó Vi bateu palmas. — Bravo!

Tia Pearl revirou os olhos. — É só uma música, pelo amor de Deus. Acalmem-se, vocês todos. Eu queria manter segredo, mas agora é impossível. Earl e eu decidimos experimentar escrever músicas. Escrevi a letra e ele compôs a música. Entramos em uma competição e provavelmente vamos ganhar.

Tyler sorriu. — É mesmo? Onde posso descobrir mais sobre essa competição?

Tia Pearl sorriu para Tyler. — Não pode. Duvido que consiga escrever uma música boa. Mas, mesmo se conseguisse, é tarde demais. O prazo era uma semana atrás.

Talvez eles realmente tivessem composto uma música e talvez houvesse uma competição de verdade, mas eu duvidava. Eu não conseguia imaginar Tia Pearl escrevendo uma letra de música romântica, muito menos tornando-a pública em uma competição musical.

Earl tinha acabado de pedir Tia Pearl em casamento e ela aceitara de seu próprio jeito estranho. Uma coisa era certa: ela não teria reagido bem se Earl se ajoelhasse à sua frente e fizesse o pedido. Earl fora sutil, mas ainda assim público, com sua forma codificada de anunciar o amor deles ao mundo... pelo menos, à nossa família. Aquilo era algo que Tia Pearl nunca conseguiria fazer. Ela nunca admitiria estar apaixonada por Earl nem querer se casar com ele. De um jeito fofo próprio, ele a entendia como ninguém mais conseguia entender.

O pedido de casamento cuidadosamente preparado permitira que Tia Pearl não ficasse constrangida e mantivesse a imagem rabugenta. Além do mais, Earl saíra por cima com o pedido de casamento.

* * *

TRINTA MINUTOS DEPOIS, estávamos sentados em volta da mesa de jantar, satisfeitos após um jantar delicioso. Mamãe e eu fizemos planos para um casamento extravagante para Earl e Tia Pearl. Earl tocou mais algumas músicas no violão enquanto Tyler cortava e servia fatias do bolo de ganache de chocolate de Mamãe.

A comida de Mamãe sempre me deixava maravilhada. Cada criação parecia cheia de magia, apesar de eu saber que ela sempre cozinhava sem usar magia alguma. Isso exigia muita força de vontade, pois bruxas podiam conjurar praticamente qualquer coisa. Mas cozinhar, como a vida em geral, não tinha atalhos. O resultado dependia exatamente do que era colocado na mistura, nada a mais, nada a menos.

Enquanto eu saboreava o chocolate, meu dente bateu em algo duro. Levei o guardanapo aos lábios e cuspi a coisa dura.

Abri o guardanapo e encontrei um anel cheio de bolo.

Um belo anel de diamante de noivado.

Era idêntico ao anel que Tia Pearl tirara do bolso do casaco de Tyler, exceto por um detalhe. Este anel era um solitário de diamante cor-de-rosa, não branco. Mas... Earl acabara de cantar para Tia Pearl uma proposta de casamento. Aquele anel não podia ser para mim. — Ah, não! Tia Pearl, acho que peguei...

— Ainda bem. Achei que você ia comer essa coisa! — exclamou Mamãe.

O belo diamante cor-de-rosa brilhou ao refletir a luz. Tyler realmente comprara um anel, mas era diferente daquele com que Tia Pearl me provocara mais cedo. O dela era uma imitação com uma grande diferença: o anel conjurado tinha um diamante branco em vez do diamante cor-de-rosa diante de mim naquele momento. Tia Pearl esquecera um detalhe importante ao lançar o feitiço malicioso. Mas isso não importava agora.

Tyler empurrou a cadeira para trás e ajoelhou-se. — Cendrine West, quer casar comigo?

178

ABOUT THE AUTHOR

Colleen Cross escreve mistérios divertidos e suspenses empolgantes e inteligentes. Ela mora perto de Vancouver, no Canadá, onde se passam muitos dos seus livros. Saiba mais sobre Colleen e seus livros em www. colleencross.com.

www.ingramcontent.com/pod-product-compliance
Lightning Source LLC
Chambersburg PA
CBHW051228210726
48290CB00003B/849